"Que me reprochez-vous d'autre?"

"Un mensonge, par exemple, Monsieur da Ciudad," fit Armelle, sûre d'elle.

Lorenzo n'avait pas besoin de la toucher pour sentir sa poitrine palpiter sous son corsage : son trouble trahissait le désir qu'elle avait de lui.

Il décida d'en tirer avantage pendant quelques instants : "Je ne vous ai pas trompée sur mon identité, simplement je ne vous l'ai pas dévoilée."

"Cela s'appelle un mensonge par omission," informa-t-elle d'un ton impatient. "C'est un manque de franchise! Vous auriez dû me dire…"

Elle n'eut pas le temps d'achever sa phrase. Lorenzo l'enserrait déjà dans ses bras. Elle sentait son souffle chaud dans son cou : "Tu vas me rendre fou," murmura-t-il d'une voix rauque. "Combien de temps crois-tu pouvoir me résister?"

DANS COLLECTION COLOMBINE

Sandrine Demange
est l'auteur de

Le coeur
dans les
nuages

SANDRINE DEMANGE

Collection Colombine

PARIS • MONTREAL • TORONTO

Publié en août 1983

ISBN 0-373-48073-3

Dépôt légal 3e trimestre 1983
Bibliothèque nationale du Québec et Bibliothèque nationale
du Canada.

Imprimé au Québec, Canada — Printed in Canada

CHAPITRE PREMIER

Une atmosphère poussiéreuse, parfumée d'épices entêtantes, baignait le marché de Cuzco. Des Indiennes discutaient en quecha le prix des racines et des herbes étalées sur des pièces de tissus bariolés, à même le sol. Leurs longues jupes souples accompagnaient chaque mouvement de leurs hanches et rendaient gracieuses les plus opulentes. Certaines portaient dans le dos un bébé somnolent, enserré dans un grand châle.

Des enfants jouaient, couraient, riaient, sans crainte de bousculer les lamas, fiers et indifférents, qui levaient le mufle d'un air blasé.

Seules deux personnes gardaient sur les bêtes un œil attentif : d'abord le paysan qui avait mené son troupeau au marché ; ensuite une touriste française, Armelle Fleurance, fascinée par ces petits chameaux sans bosse, aux pattes gracieuses, au poil dru et clair, aux cils immenses sur des prunelles sombres.

— Tu viens ? la pressa son amie Martine. Le train ne nous attendra pas.

Armelle tourna lentement vers elle l'ovale parfait de son visage encadré de boucles blondes :

— Il m'arrive quelque chose d'incompréhensible... Je n'ai plus envie de bouger, constata-t-elle, pensive.

— Serais-tu malade ?

Amusée de son inquiétude, Armelle quitta ses ai
mystérieux pour aborder la question avec plus de naturel

— Je me sens très bien, au contraire. Cette vill
m'enchante, j'estime qu'elle mérite que je m'y arrête
voilà tout.

— Moi aussi, approuva Martine. Mais nous avons u
programme assez vaste pour découvrir à travers le Péro
d'autres lieux envoûtants.

Armelle se posta face à sa compagne, qu'elle dépassa
de dix bons centimètres. Martine avait une frimouss
toute ronde, des cheveux noirs très courts, des yeux vi
qui lui donnaient une expression toujours comique. Mai
en ce moment, elle fronçait les sourcils, redoutant u
imprévu dans ses vacances bien organisées.

— Serais-tu très fâchée si je ne vous accompagnais pa
dans votre excursion ? demanda Armelle avec une mou
d'excuse.

En fait, elle était décidée à rester là, et se moquait qu
Martine ainsi que les autres amis qui les attendaient à
gare fussent contrariés ou non.

— Sois raisonnable ! Tu seras la première à regretter c
n'être pas venue. Machu Picchu est le berceau de
civilisation andine...

— Les vieilles pierres ont leur charme, je n'en dou
pas, coupa Armelle avec quelque impatience, mais Mach
Picchu est une ville morte, tandis que Cuzco est groui
lante de vie.

— Tu ne peux pas nous abandonner ainsi, sur un cou
de tête, c'est ridicule !

Armelle en était d'autant plus capable que le tourism
commençait à lui laisser dans la gorge un goût d'inuti
On passe entre deux cars, entre deux trains, on amasse d
kilomètres de pellicules en couleurs qui aideront à
souvenir des kilomètres d'asphalte parcourus sur la Pan
méricaine... Et après ?

Non, son désir le plus fou était de s'asseoir là et n'
plus bouger jusqu'à ce qu'une Indienne lui adressât
parole. Partager la vie d'une de ces femmes qui

rouvaient à moins d'un mètre d'elle, avec leurs bébés
encapuchonnés dans des étoffes multicolores ; entrer dans
eurs demeures, goûter le repas qu'elles prépareraient
pour leur famille...

Elle s'extirpa de sa rêverie pour rappeler calmement :

— Quand nous avons décidé de partir ensemble, il était
convenu que nous pouvions chacun préserver notre
ndépendance. Je profiterai mieux de ma journée en
flânant, seule, dans les rues de cette ville... Je vous
attendrai en fin d'après-midi, à la gare.

Martine, résignée, haussa les épaules, de mauvaise grâce.
Depuis qu'ils avaient débarqué à Lima, Armelle s'était
nconsciemment transfigurée. Le Pérou l'avait « envoû-
ée », lançait-elle en plaisantant, mais l'expression n'était
pas trop forte. Ses compagnons de voyage finissaient par
craindre pour elle quelque aventure désastreuse car sa
beauté et sa blondeur attiraient l'attention de tous les
hommes.

La voix de la sagesse se fit entendre une dernière fois :

— Nous avons visité hier les principales curiosités de
Cuzco, il ne te reste plus grand-chose à découvrir.

— Ce ne sont pas les monuments qui m'intéressent,
mais les Indiens, rétorqua Armelle avec emphase. Une
sorte de vocation me pousse vers eux.

Martine roula des yeux dans une expression ahurie qui
soulignait le côté clownesque de son minois :

— La vocation d'être en vacances ? Tu n'es pas la
seule, je t'assure !

— Tu ne connais pas le sens du mot vocation ? C'est un
appel incontrôlable, une attirance surnaturelle... Je
l'éprouve pour le Pérou, et pour ses habitants. J'envie les
ethnologues, ou les infirmières, qui ont l'occasion de se
mêler à eux.

Elle avait remarqué, avec une pointe de ressentiment,
que les Péruviens gardaient jalousement leurs distances.
Sous des dehors cordiaux, presque exubérants, ils res-
taient hermétiquement fermés à l'étranger. A plus forte
raison, se disait-elle, quand l'étranger ne faisait que courir

d'un point à un autre. Peut-être qu'en restant seule à
Cuzco, elle arriverait à lier plus intimement connaissance
avec eux ?

Martine n'était pas de cet avis :

— Tu n'espère tout de même pas te faire inviter à
brûle-pourpoint dans une famille indienne. Pour cela, il
faudrait que tu restes non pas une journée, mais au moins
une semaine au même endroit !

Armelle éclata de rire, découvrant deux rangées de
dents régulières :

— Merci du conseil, railla-t-elle, je n'hésiterai pas à le
suivre.

Vaincue, Martine l'entraîna par le bras :

— Accompagne-moi au moins jusqu'à la gare. Tu
expliqueras toi-même ton revirement à Jean-Pierre... Il
sera fou furieux, lui qui s'estime plus ou moins responsa-
ble de toi !

— Justement... commença-t-elle...

Puis elle s'interrompit. Sous prétexte qu'elle était
célibataire, ses amis la couvaient un peu trop. Leur
surveillance, même discrète, même dissimulée sous des
plaisanteries, lui pesait. Mais elle aurait eu mauvaise grâce
à le faire remarquer et s'en abstint.

Elles empruntèrent un dédale de ruelles empierrées
fraîches et sombres, agrémentées de balcons ouvragés
dans le style oriental.

Un air de guitare s'éleva au loin. Il semblait émaner
d'une placette inondée de soleil vers laquelle les deux
amies se dirigeaient. Les cordes vibrèrent, légères dans
l'air pesant et tiède.

Porté par les notes, un proverbe espagnol lui revint en
mémoire, doux et farouche comme la musique : *Entre
mourir et ne pas mourir, je choisis la guitare.*

Bientôt une quena, des grelots et des timbales, d'innombrables instruments l'accompagnèrent, distillant
leurs sons rauques ou acides.

— Que t'arrive-t-il encore ? lui reprocha Martine, car
Armelle ralentissait le pas. Il n'y a rien à voir, ici ?

— Cette musique...

— Presse-toi, au contraire, puisque nous allons dans sa direction. Les musiciens doivent être sur la place !

— Je n'ai pas envie de me presser.

— Mais tu deviens folle !

Douce folie que les harmonies charriaient dans ses veines, à laquelle Martine n'aurait rien compris même si Armelle avait pu l'expliquer.

Etait-il possible qu'elle fût tombée amoureuse d'une terre ocre, d'un air humide, d'un ciel blanc et aussi de cette musique péruvienne ? Pouvait-on aimer sans que s'impose en transparence un visage d'homme ? Et pourtant, le cœur d'Armelle était gonflé d'amour. Elle savait reconnaître ce sentiment qu'elle n'avait jamais éprouvé avec une telle violence mêlée de crainte.

Armelle Fleurance n'était pas raisonnable. Elle ne l'avait jamais été. Depuis toujours, elle se lançait tête baissée dans ses enthousiasmes ; elle vivait intensément, à outrance, ses joies, ses peines, et toutes les sensations par lesquelles elle se laissait guider sans réfléchir.

Arrivée au bout de la rue, elle ne se rendit pas compte qu'elle s'était mise en condition pour étiqueter du mot « amour » le premier visage qui s'imposerait à elle.

La place où elle aboutit était inondée de soleil. Elle cligna des yeux. La lumière crue qui jouait dans ses cils blonds l'éblouissait et les mèches dorées sur ses tempes miroitaient d'un éclat plus aveuglant encore. Ses paupières mi-closes rétrécissaient son champ de vision. Et dans cette auréole floue, le visage d'un homme apparut.

Il était moins rude que ceux des autres Indiens, moins typé peut-être, et pourtant il était exactement l'image qu'elle pouvait se faire de l'Inca, le fils du soleil.

Quand sa vue s'habitua à la clarté, elle remarqua que le guitariste la fixait, lui aussi. Son regard était noir, inquiétant ; un regard d'ailleurs, habité par un feu dangereusement attirant.

En une seconde, Martine comprit ce qui se passait et la mit en garde :

— N'importe quel papillon s'y brûlerait les ailes.

Le guitariste sourit. Sa main droite quitta lentement les cordes, il caressa son instrument comme s'il se fût agi d'un corps de femme. Puis il l'abandonna et invita d'un signe Armelle à s'asseoir à côté de lui.

Les autres musiciens, qui faisaient cercle, ne s'étaient même pas retournés. Ils étaient tous pieds nus, assis par terre, sur la chaussée, le trottoir. Le guitariste se différenciait à peine d'eux, par un blue-jean moins élimé, mais surtout par des gestes plus aristocratiques, des mains impeccables, des pieds à la peau fine habituée à être protégée par des sandales. Il était assis sur les marches de la maison, une jolie maison de briques ocre aux balcons de bois sculptés.

Il réitéra son invitation plus précisément, en se poussant pour laisser davantage de place libre à côté de lui.

Martine, anxieuse, entraîna Armelle avec fermeté :

— Si tu veux écouter de la musique, il y a de très bons orchestres dans les night-clubs de Lima.

— Je reste, fit-elle d'une voix très assurée.

— Ne sois pas sotte ! Que gagneras-tu à passer un après-midi avec ces...

Armelle l'interrompit avant d'entendre un qualificatif qui aurait blessé ses oreilles :

— Rejoins ton mari. Je vous retrouverai ce soir à la gare, ou à l'aéroport. De toute façon, je reprendrai l'avion pour Lima avec vous, c'est promis.

— C'est de la folie !

— Encore ce mot, il est bien exagéré ! Je ne risque pas grand-chose à m'arrêter parmi eux. Va, je t'en prie, tu me forces à parler alors que je n'aspire qu'au silence.

Le guitariste suivait de loin leurs délibérations, les sourcils froncés, les yeux rieurs et la bouche légèrement sarcastique, ce qui finit d'épouvanter Martine :

— Il se moque de toi. Je le sens déjà prêt à te mépriser ! Tu ne sais pas ce que représentent les touristes un peu frivoles pour ces hommes qui se croient irrésistibles !

— Je ne suis pas frivole ! affirma Armelle avec conviction.

— On ne le dirait pas ! Tu agis comme la dernière des effrontées !

Les mots coléreux de Martine dépassaient de loin sa pensée. Armelle en fut ébranlée et le charme fut aussitôt rompu. Elle resta pétrifiée d'appréhension devant le choix qu'elle avait failli faire. Ses yeux s'étaient de plus en plus habitués à la vive luminosité qui écrasait la place. Elle distinguait mieux, maintenant, le guitariste qui avait repris son instrument. Comparée à celle de ses compagnons, sa peau était claire, mais il avait le même nez aquilin, les mêmes pommettes saillantes qui prêtaient à leurs visages une noblesse antique.

Il la regardait toujours. Les autres musiciens s'étaient écartés imperceptiblement, élargissant leur cercle. Et maintenant tous la regardaient. Ils ne riaient pas. Ils semblaient presque sacrifier à un rite d'ensorcellement en dardant sur elle leurs prunelles fascinantes.

Emergeant d'une sorte de brume, Armelle réintégra tout à fait la réalité :

— Ils me font peur, reconnut-elle en frémissant.

Martine eut un soupir de soulagement non dissimulé :

— Tu es aussi romanesque qu'une adolescente ! A vingt-deux ans, c'est à peine excusable !

Sans se retourner, elles traversèrent la place en direction de la gare. Armelle ne parlait pas. D'ailleurs il lui aurait été impossible d'interrompre Martine qui, tout à la joie de l'avoir ramenée dans le droit chemin, laissait libre cours à ses réprimandes mêlées d'ironie :

— Tu t'imagines, assise sur la terre battue, dans tes robes de soie !

Armelle était d'une élégance sans faille. Son métier le lui imposait : elle était vendeuse dans une boutique de haute-couture avenue Montaigne, à Paris. Peut-être étaient-ce ses contacts constants avec une clientèle riche, futile et capricieuse qui, un instant, l'avaient rapprochée de la pauvreté et de la sérénité des Indiens ?

— Je m'imaginais tout à fait, trancha-t-elle pour mettre un terme au triomphe immodéré de sa compagne. D'ailleurs, eux-mêmes portent des tissus de très belle qualité, et j'ai remarqué des broderies qu'Yves Saint-Laurent lui-même ne dédaignerait pas.

Elles arrivèrent à la petite gare, noire de monde, touristes et Indiens mêlés, où Jean-Pierre, se détachant de la foule, moulinait des bras pour attirer leur attention :

— On vous croyait perdues ! J'allais renoncer au Machu Picchu pour partir à votre recherche !

— Nous avons délibéré, clama Martine sans aucun souci de discrétion. Figure-toi qu'Armelle voulait rester à Cuzco parce qu'elle a rencontré un regard de velours.

— Nous allons l'attacher ! plaisanta Marc, qui les rejoignait avec sa femme, Nicole.

Celle-ci rejeta ses cheveux en arrière avec une pointe d'irritation :

— Si vous continuez à jouer les tuteurs, Armelle finira par nous délaisser tout à fait, et ce n'est pas moi qui le lui reprocherai.

— A quelle heure part le train ? demanda l'intéressée pour faire diversion.

Tous s'esclaffèrent.

— D'après les horaires, expliqua Jean-Pierre avec un geste fantaisiste, il devrait être parti depuis longtemps. Maintenant que nous sommes tous réunis, nous pouvons toujours nous y installer… et attendre !

Sur ces mots, il précéda le groupe jusqu'à la portière la plus proche. Armelle s'attarda comme à regret, à admirer de l'extérieur les vieux wagons et la locomotive sifflante rescapés d'un autre siècle. Au moment où elle s'avançait vers le marchepied de bois, Marc s'étant effacé devant elle, les Indiennes encombrées d'innombrables paniers et paquets les bousculèrent tous deux comme s'ils n'existaient pas. Marc fut poussé d'un côté, Armelle de l'autre.

Dans la cohue, elle ne se rendit pas compte immédiatement qu'on la tirait par le bras. Quand elle le réalisa, elle se retourna tout d'une pièce.

Son cœur fit un bond dans sa poitrine.

L'homme n'avait plus sa guitare et se tenait devant elle. Même pieds nus, il la dépassait de plus d'une tête.

Armelle rougit : Marc était séparé d'elle par une nuée de paysans qui, tout à coup, s'étaient décidés à prendre les wagons d'assaut ; mais Martine, Jean-Pierre et Nicole, déjà monté, pouvaient la voir à travers la vitre du train.

Toutefois, l'idée d'être épiée l'aida à tempérer son émotion. Ce fut d'un ton offusqué qu'elle lança, dans le meilleur espagnol :

— Qui vous permet, monsieur ?

Iris bleus contre iris noirs, ils s'affrontaient, chacun se perdant dans les profondeurs du regard de l'autre. L'homme esquissa un sourire amusé, puis s'étonna nonchalamment :

— Vous ne renoncez pas à l'excursion ?

— Il n'en a jamais été question ! s'indigna-t-elle.

Il avait gardé la main sur son bras, et ce contact ne l'avait pas gênée, au contraire, puisqu'au moment où il la lâcha elle ressentit son abandon.

— Quel plaisir pervers pouvez-vous prendre à photographier des temples et des tombeaux en ruine ? accusa-t-il avec un petit rire volontairement blessant. Quel vrai souvenir aurez-vous emporté quand vous ferez des séances de projection pour vos amis ?

Son reproche était fondé. Armelle elle-même s'était souvent posé la même question. Mais l'entendre formulée par lui, de cette façon condescendante, la piqua au vif :

— Vous agiriez de même si vous veniez visiter mon pays, et je n'aurais pas l'arrogance de vous le reprocher !

— Vous vous méprenez, je ne souhaite pas être arrogant. Vous méritez mieux que le tourisme ordinaire : courir d'une ville à l'autre ne sert qu'à brouiller l'esprit. Si vous prenez le temps de pénétrer l'âme du Pérou, vous l'aimerez, j'en suis convaincu.

Armelle n'en pouvait plus de lutter contre elle-même. Chacune des paroles de cet homme était en affinité avec ses propres vues. Elle le toisa, pour se protéger de lui, espérant l'évincer définitivement :

— J'aime le Pérou, mais je commence à ne pas apprécier du tout les Péruviens.

— Restez à Cuzco, vous aurez l'occasion de les apprécier.

L'irritation d'abord feinte devint réelle. Armelle se prenait à son propre jeu car, au fond, elle n'avait aucune envie que cette conversation cessât :

— Mais enfin, de quoi vous mêlez-vous ?

— De vous.

— De quel droit ? protesta-t-elle.

L'homme la dévisagea avec une sorte d'avidité admirative. Il arrêta son regard sur ses lèvres, qu'elle ne pouvait empêcher de trembler, puis revint à ses yeux, qui viraient au bleu nuit :

— Vous le savez très bien, déclara-t-il avec une assurance déroutante.

— Ah non, par exemple !

Elle ne trouvait plus rien pour sa défense. La platitude de sa dénégation la choqua elle-même. Elle détourna la tête pour se soustraire au feu farouche de ses prunelles très sombres. Elle devait rejoindre les autres, ignorer ce stupide intermède ! Elle esquissa un pas de côté.

Elle n'aurait pas dû. L'homme, de nouveau, la retint par le bras. Cette fois, à travers son corsage de crêpe, la pression de ses doigts la fit frémir. Il la rapprocha de lui, doucement mais fermement. Leurs corps se touchaient presque :

— Si je vous avoue que ce que vous avez éprouvé tout à l'heure, je l'ai éprouvé aussi, continuerez-vous à vous débattre ?

— Que savez-vous de mes impressions ? railla-t-elle, se sentant fléchir.

— Ne niez pas l'évidence, fit-il d'une voix grave qui s'infiltrait en elle avec la même sensualité que la musique. Le destin nous a réunis, ne méprisons pas ses signes.

Elle crut échapper à son emprise en changeant de sujet :

— Vous me faites mal.

Mais l'accusation venait un peu trop tard car il l'avait déjà lâchée quand elle prononça ces mots. Alors elle s'aperçut qu'elle était restée quelques secondes contre lui, sans aucune contrainte, de son propre gré.

Un trouble l'envahit, mêlé d'humiliation, et ses joues s'empourprèrent. L'onde de satisfaction narquoise qui courut sur les traits de son interlocuteur la morfondit davantage.

Il haussa imperceptiblement les épaules :

— Le destin est plus têtu que vous, je lui laisse sa seconde chance : nous nous retrouverons certainement.

Armelle fut persuadée du contraire. Sa confiance dans le hasard était très limitée. Si elle laissait l'inconnu disparaître dans la foule, elle ne le reverrait jamais. Cette éventualité l'affola. Elle lança très vite, d'un ton qui se voulait digne :

— Je n'ai pas d'autre escale prévue à Cuzco !

Pour un peu, elle lui aurait crié son adresse à Lima et n'aurait plus quitté le hall de l'hôtel pendant toutes ses vacances.

Mais l'homme ne se retourna pas et ne lui demanda pas où il pouvait la joindre.

Pour couper court au tumulte qu'il avait provoqué en elle, elle s'avança vers la portière d'un pas décidé. Marc, qui la croyait montée dans le train, emportée par la cohue, s'étonna de la revoir sur le quai. Elle fut soulagée qu'il n'ait rien aperçu de la scène. Il la poussa vers le marche-pied au moment où la locomotive sifflait. Se frayant un chemin parmi les voyageurs écrasés, indolents, contre leurs ballots volumineux, ils arrivèrent tant bien que mal à rejoindre leur groupe.

La tranquillité d'Armelle fut aussitôt compromise. Comme elle l'avait prévu, rien n'avait échappé à l'œil fureteur de Martine, collé contre la vitre. Mais personne ne pensa à la taquiner car une polémique s'était engagée

entre Jean-Pierre et sa femme, qui la prirent aussitôt à
témoin :

— Tu es mieux placée que nous pour en juger : ne
trouves-tu pas qu'il ressemble à un acteur ?

— Qui donc ? s'étonna Marc.

— La récente conquête d'Armelle. Tu ne l'as pas vue ?

Il jeta alentour un regard exagérément suspicieux :

— Où est-il ? Doit-on sortir les fusils ?

— Tu n'amuses personne, le rabroua Nicole.

Puis elle rectifia à l'adresse d'Armelle :

— Je ne dis pas qu'il ressemble à un acteur, mais j'ai
l'impression de l'avoir déjà vu quelque part. Jean-Pierre
aussi et...

— Et moi, j'affirme que tous les Indiens se ressemblent, coupa Martine, sûre d'elle.

Puis la discussion reprit entre eux, si véhémente
qu'Armelle put s'en désintéresser sans qu'ils s'en aperçoi-
vent.

Pour elle, une seule question se posait : comment
espérait-il la retrouver ? Et le souhaitait-il vraiment ? Ne
s'était-il pas seulement amusé à tenter sa chance ? Il avait
peut-être l'habitude d'aborder ainsi les jeunes touristes,
américaines ou européennes, jugées d'emblée légères et
faciles à séduire ?

Armelle voulait ne pas lui accorder plus de crédit qu'il
n'en valait la peine, mais son cœur parlait différemment.
Une force secrète l'avait poussée vers lui, et cette force
n'était pas due uniquement à la beauté de ses traits...

Pourtant, elle devait reconnaître que sa beauté la
subjuguait. Il en devenait presque abstrait, impalpable.
Cela devait l'aider à conquérir toutes les femmes. Il n'était
certainement pas habitué à ce qu'on lui résiste.

Elle était envahie d'une tristesse qui n'avait aucun sens.
L'arrogant guitariste aux pieds nus ne pensait déjà plus à
elle, il s'était peut-être mis à la recherche d'une autre
proie. Elle ne le reverrait plus et devait l'oublier dès à
présent.

A moins que... Son sang ne fit qu'un tour. Si l'homme

e désirait vraiment, il l'attendrait ce soir à la gare, quand
e train redescendrait de Machu Picchu. L'espoir lui
edonna des couleurs. Les secousses du train projetaient
es voyageurs les uns sur les autres. Des sourires s'échan-
eaient, parfois des éclats de rire. Elle y prit part quand
Martine faillit s'affaler dans un panier de volailles caque-
antes.

— Te voilà sortie de ta rêverie, remarqua l'espiègle
Marc à mi-voix.

Armelle avait retrouvé toute sa joie et sa faconde :

— Je ne rêve pas, je me concentre pour garder les pieds
ur terre, au contraire.

Un nouveau cahot les déséquilibra et elle enchaîna,
moqueuse :

— Dans la situation où nous sommes, tu ferais bien de
rendre exemple sur moi !

Depuis que la solution s'était imposée à son esprit, elle
tait persuadée que l'inconnu à la guitare apparaîtrait de
ouveau, ce soir, à la gare de Cuzco. Il se pouvait qu'une
assion plus forte que tous les raisonnements, ridicule aux
eux des profanes, soit née entre eux dès la première
econde. S'il en était ainsi, pourquoi s'en défendre ?

Elle laissa libre cours à ses impulsions romantiques.
out l'amour désordonné qu'elle avait éprouvé pour le
érou et pour son peuple, en quelques heures, se
ristallisa sur un seul être.

Mais, en fin d'après-midi, au retour du Machu Picchu,
lle chercha en vain dans la foule la haute silhouette qui
ui était déjà devenue familière.

Le guitariste ne l'avait pas attendue, ni à la gare, ni à
aéroport.

Armelle comprit qu'elle avait été victime de sa propre
aïveté, mais la déception n'en fut pas moins cruelle.

CHAPITRE II

Le Club privé d'Anco[n],
au nord de Lima, était directement relié à la Panamér[i]-
caine par deux kilomètres de route asphaltée où [se]
pressait, le soir, l'élite de la société péruvienne. L[es]
Cadillac arrivaient en file, dans l'allée bordée de palmier[s].

Dans cet établissement, une femme seule ne passait p[as]
inaperçue, à plus forte raison lorsqu'il s'agissait d'u[ne]
étrangère aux cheveux dorés. Tous les regards masculi[ns]
convergeaient sur Armelle Fleurance.

Accoudée gracieusement au balcon de bois à jalousie[s],
elle s'intégrait à ravir dans le décor néocolonial. Sa long[ue]
robe de soie vert Nil moulait sa taille fine et laissa[it]
deviner, dans l'ampleur de la jupe, ses hanches rondes [et]
ses jambes fuselées.

Elle avait laissé ses amis à la discothèque et était sort[ie]
pour respirer un peu d'air frais. Le cocktail d'algorrabi[na]
les avait tous égayés. Elle s'était esquivée pendant qu'[ils]
essayaient de se déhancher au rythme lascif d'une ma[ri]-
nera.

Maintenant, elle attendait un moment propice po[ur]
rentrer. Déjà contrariée d'être trop remarquée, elle redo[u]-
tait d'avoir à se frayer un chemin parmi les hommes [en]
complet neuf, affublés de cravates multicolores et d'épo[u]-
ses raidies par d'énormes chignons en échafaudage.

Son regard fut soudain attiré par une tête blonde, do[nt]
la présence lui parut si insolite qu'elle comprit mie[ux]

l'intérêt qu'elle-même suscitait. C'était une jeune femme
éblouissante, moulée dans un fourreau de taffetas perven-
che, les épaules entourées d'une écharpe assortie qu'Ar-
nelle reconnut avec une certaine fierté professionnelle :
l'ensemble avait été présenté dans « sa » collection prin-
temps-été.

La jeune femme n'était pas accompagnée. Elle gravit
rapidement les quelques marches qui menaient au perron,
et Armelle décida de rentrer à sa suite. « Ainsi, se dit-elle,
j'attirerai moins l'attention. »

Au moment où toutes deux allaient passer le porche,
une voix les cloua sur place :

— Que faites-vous ici ?

Le ton chargé de colère les fit se retourner ensemble.
Elles étaient si proches que leurs cheveux pâles se
frôlèrent. Agacée, la jeune femme lui lança d'une voix
acerbe :

— Ce n'est pas à vous que ce reproche s'adresse.

Armelle s'en était doutée, mais sa réaction avait été
instinctive. Maintenant, elle était incapable d'esquisser le
moindre geste.

La première image qu'elle aperçut de l'homme fut
fugitive : les poings serrés, la mâchoire crispée qui faisait
saillir les pommettes, la dureté des prunelles sombres,
tout s'était radouci à l'instant même où elle s'était
retournée.

— En effet, je ne m'adressais pas à vous, dit-il. Car
vous, vous avez bien fait de venir.

Ce souhait de bienvenue ne la fit pas sourire.

Elégamment cintré dans un smoking blanc, les cheveux
coiffés vers l'arrière mettant en valeur la noblesse hautaine
de ses traits, il était très différent de l'Indien aux mèches
désordonnées, aux pieds poussiéreux, qui semblait n'avoir
que sa guitare pour compagnon de misère.

Armelle crut défaillir. Sa raison hésitait à le reconnaître
mais son cœur, lui, ne s'y méprit pas. Plus elle avait voulu
le chasser de sa mémoire, plus l'inconnu de Cuzco avait
hanté ses rêves.

— Je suis venue dans l'espoir de vous trouver, dit l
femme blonde avec une douceur forcée, comme si ell
comprenait qu'elle avait à côté d'elle une rivale dange
reuse. Je m'attendais à un accueil plus chaleureux.

De nouveau, la colère étincela dans le regard implacabl
de son interlocuteur :

— Il y a longtemps que j'ai cessé d'être attendri par vo
simagrées. La chaleur n'est plus de mise entre nous. L
chauffeur est à votre disposition, rentrez immédiatemen
nous nous expliquerons plus tard.

Armelle sentait que sa présence envenimait leur que
relle. Elle aurait voulu pouvoir s'échapper. Mais ell
restait là, bouche bée, incapable de faire un geste. Se
jambes ne la portaient plus.

— Lorenzo... tenta encore la jeune femme dans un
supplique mielleuse, en avançant d'un pas vers lui. Vou
ne me présentez pas votre amie ?

Elle coula vers Armelle un regard fourbe qui dissimu
lait mal sa haine.

Celle-ci reprenait peu à peu ses esprits. Son cœur batta
encore fort dans sa poitrine. Elle eut le courage de s
détourner, prête à passer son chemin pour les laisse
régler leur différend. Une Péruvienne endimanchée l
bouscula. Elle fut obligée de battre en retraite. Derrièr
elle, Lorenzo lui attrapa la main :

— Ne vous sauvez pas. Irène n'est que ma secrétaire
elle n'a rien à faire ici.

Puis, les lèvres déformées par le mépris, il feignit d
s'étonner que celle-ci ne lui ait pas encore obéi :

— Vous n'êtes toujours pas partie ? Qu'attendez-vous

Vaincue, Irène obtempéra avec un geste de rage.

Aussitôt, Lorenzo retrouva son calme. Son visag
s'illumina du même feu qui avait embrasé Armell
quelques jours auparavant. Il serrait toujours sa mair
fortement, comme s'il craignait qu'elle ne lui échappât

— Nous n'avons provoqué ni l'un ni l'autre notr
rencontre. Nierez-vous les signes du destin, maintenant

Armelle bougea les doigts pour se dégager. L'homme s

tenait une marche au-dessous d'elle. Leurs yeux demeu-
raient à la même hauteur. Chacun soutenait l'éclat du
regard de l'autre, très proche.

— Je suppose que vous n'avez pas provoqué non plus
la présence de votre... soi-disant secrétaire, lâcha-t-elle,
rongée par une insurmontable jalousie. Elle dérangeait
vos projets de Don Juan en ce qui me concerne.

Il haussa un sourcil, visiblement amusé :

— Pourquoi mettez-vous toujours ma parole en doute ?
Irène est réellement ma secrétaire.

— Très intime, à ce que j'ai pu constater. Ou alors, elle
manque d'amour-propre. A sa place, je vous aurais donné
ma démission sur-le-champ.

Son expression vira à l'ironie. Il la dévisagea un
moment, savourant sa réaction, puis il éclata de rire :

— Quelle perspicacité !... Vous avez raison dans les
deux sens : sur notre intimité, puisque Irène est la fiancée
de mon frère ; et sur son manque d'amour-propre. Mais
cela, c'est une autre histoire, conclut-il, légèrement
rembruni.

— La... fiancée de votre frère ? répéta Armelle.

Elle n'osait y croire, mais la gaieté pétillait de nouveau
dans ses yeux.

— Est-ce si important pour vous ?

En fait, le ton n'était pas interrogatif. Il n'attendait pas
de réponse. Il l'entraîna dans la direction opposée à
l'entrée de la discothèque. Elle se laissa conduire dans le
parc.

Le climat humide de Lima, le courant froid qui, sur
cinq mille kilomètres, balaye les côtes du Pérou, du Chili
et de l'Equateur, ne favorisait pas la végétation. Malgré
des soins attentifs, les pins et les palmiers avaient
beaucoup de mal à lutter contre la sécheresse des vents
alizés et n'évoquaient vraiment pas la luxuriance des
autres stations balnéaires du Pacifique.

Armelle, qui n'avait pas prévu cette promenade tardive,
frissonna légèrement, et plus encore quand Lorenzo
enlaça ses épaules pour la réchauffer :

— C'est étrange : à chaque minute je m'apprêtais à
vous retrouver sur mon chemin, et ce soir, je ne m'y
attendais pas du tout.

— Moi non plus. Il n'y avait aucune raison pour que
nous nous revoyions un jour, dit-elle d'un ton soudain
cassant.

Le premier choc passé, elle se rendait compte qu'elle
s'abandonnait avec trop de facilité.

Il posa sur elle un regard terriblement calme :

— Contre quoi vous débattez-vous, au juste ?

— Je me débats ?

— Oh que oui ! Vous vous laissez aller, puis vous vous
reprenez aussi vite. Que craignez-vous ?

— Tout, avoua-t-elle dans un sursaut de franchise. Je
ne suis pas maître de la situation.

Il eut un petit rire sceptique :

— Habituellement, vous êtes maître des situations ?

— Je garde la tête froide, rétorqua-t-elle, piquée.

Elle mentait. Depuis l'enfance, elle ne faisait que céder
à ses enthousiasmes. Sa vie était truffée de mouvements
irréfléchis qui lui coûtaient généralement cher. De toutes
ses impulsions, celle-ci était la plus dangereuse. Depuis
qu'elle s'était abîmée dans le regard de cet étranger, la
chute était sans fin, vertigineuse.

— J'ai du mal à vous croire. Les blondes ont la
réputation de n'être réservées qu'en apparence.

— Merci de cette opinion flatteuse. Je pense que c'est à
travers Irène...

Il plaqua ses doigts sur sa bouche pour la faire taire :

— Chut ! Ne prononcez plus d'autre prénom que le
vôtre. Comment vous appelez-vous ?

Le contact de sa main fine et fraîche la chavira. Elle ne
pouvait pas répondre car la pression s'accentuait, et le
mouvement de ses lèvres aurait pu être interprété comme
un baiser, du moins en avait-elle l'impression.

— Vous savez que je m'appelle Lorenzo, rappela-t-il
pour l'encourager.

Il avait une façon passionnée d'articuler son propre

nom. Armelle en découvrit des tonalités sensuelles et chantantes qui n'étaient pas apparues quand Irène l'avait prononcé.

Elle tira sur la manche de son smoking pour qu'il lui rendît l'usage de la parole :

— Je m'appelle Armelle Fleurance.

— Vous êtes française ? Cela ne m'étonne pas. Si j'avais dû retourner ciel et terre pour vous retrouver, j'aurais d'abord dirigé mes recherches sur Paris.

Armelle ne put s'empêcher de sourire :

— A moins que je ne sois provinciale ?

Il la détailla des pieds à la tête d'un air connaisseur. Un pli se creusa entre ses sourcils tandis qu'il appréciait le raffinement de sa robe du soir. Il allait faire un commentaire, puis se ravisa :

— La question ne se pose plus. Je ne vous laisserai pas échapper une seconde fois.

— Il le faut pourtant bien. Je dois rejoindre mes amis à la discothèque, objecta-t-elle en reprenant ses distances.

Lorenzo ne daigna même pas discuter le fait et s'enquit négligemment, comme si l'acceptation d'Armelle était acquise d'avance :

— Où dois-je passer vous prendre, demain, pour déjeuner ?

— Nulle part. Je m'envole à neuf heures du matin pour l'Amazonie.

Elle prenait un malin plaisir à le contrer. Cette fois, il eut un geste agacé :

— Vos activités touristiques m'ennuient. Vous n'irez pas.

C'était le ton péremptoire qu'il avait utilisé tout à l'heure avec sa secrétaire. Armelle devina qu'il était dangereux de lui désobéir et compatit du bout du cœur aux malheurs d'Irène.

Elle ne l'en défia pas moins :

— Vous aimez peut-être lancer des ordres ; je déteste en recevoir.

— Mes ordres sont dictés par vos désirs, ma chère, déclama-t-il en s'inclinant théâtralement devant elle.

Puis, redevenu sérieux :

— Allons, ne niez pas que vous préféreriez passer la journée à Cuzco avec moi.

— A Cuzco ?

Son enthousiasme la trahissait.

— J'ai remarqué que vous aimiez cette ville, enchaîna Lorenzo. Elle est comme vous, blonde et romantique.

— J'aimerai peut-être aussi l'Amazonie ?

— Sa végétation vous étouffera. Vous êtes faite pour les paysages pelés de la Sierra, je l'ai su au premier coup d'œil.

— Vos déductions ne sont-elles pas un peu hâtives ?

— Longuement mûries, au contraire. Je vous ai observée pendant des heures avant de vous accoster.

Interloquée, elle s'arrêta net :

— Quand donc ? Où ça ? jeta-t-elle d'un ton de reproche.

Lorenzo éclata de rire :

— Vous êtes charmante dans l'attitude de gazelle traquée ! ... J'ai dîné à Cuzco dans le même restaurant que vous. Je me trouvais dans la deuxième salle et vous ne pouviez pas me voir. Moi non plus, d'ailleurs. Vous aviez l'air de beaucoup vous amuser, et votre rire ne passait pas inaperçu. J'ai eu envie de connaître la bouche d'où fusaient des trilles aussi légers... Ensuite, discrètement, je vous ai suivie jusqu'à votre hôtel. Puis j'ai abandonné au destin la part qui lui revenait... Et nous sommes là, ce soir.

Armelle l'écoutait avec une émotion accrue par la caresse de ses mains sur ses épaules. Elle n'avait pas la force de se dégager. La nuit les enveloppait. Elle secoua la tête, terrifiée par la puissance des sensations qui déferlaient en elle. Ses cheveux se répandirent sur les mains agiles qui la serraient. Lorenzo tressaillit perceptiblement :

— Je dois ajouter que, le lendemain matin, je vous ai

revue au marché, en compagnie de votre amie, la petite brune. Au regard émerveillé que vous posiez sur les gens et sur les choses, j'ai senti l'attirance que vous éprouviez pour les Indiens. A mes passages à Cuzco, je suis hébergé chez des Quechas qui habitent vers la sierra, à la périphérie de la ville. Je voulais vous emmener chez eux, voilà pourquoi je vous ai rattrapée à la gare. Votre refus ne m'a pas découragé : ce n'était que partie remise... Alors, conclut-il d'un ton détaché, à quelle heure et où nous retrouvons-nous demain ?

Il était très sûr de lui. Armelle réfléchit rapidement. Elle avait souffert, ces jours derniers, à l'idée de ne jamais le revoir. Elle risquait de souffrir bien davantage si elle le suivait demain. Mais le regret l'empêcherait de jouir des paysages amazoniens si elle ne le suivait pas. Que risquait-elle ?

Elle grimaça :

— L'explication avec mes amis promet d'être houleuse.

Puis aussitôt elle se mordit la lèvre : elle venait d'accepter sans équivoque.

Lorenzo ne profita pas de la situation. Il proposa gentiment :

— Je pourrais vous aider à les affronter ?

Elle fit non de la tête avec une mimique obstinée. Elle prévoyait les réactions diverses, les mises en garde de Martine, la position plus libérale de Nicole, les plaisanteries goguenardes de Marc. Elle craignait qu'ils ne ternissent son bonheur naissant. Elle comprenait obscurément qu'elle devait désormais se tenir à l'écart des gens trop réalistes qui avancent dans le droit chemin sans souci des petites fleurs qu'ils écrasent.

Lorenzo avait levé le voile sur un monde magique. Il l'avait convaincue que le destin prenait le temps de s'occuper de ceux qui ne le négligeaient pas.

Il se pouvait que ce Latin ne fût qu'un beau parleur. Dans ce cas, elle le démasquerait facilement ; elle tomberait de trop haut pour ne pas se faire mal, mais rentrerait

panser ses plaies à Paris. Ses compagnons de voyage ne lui
seraient pas d'un meilleur secours dans la peine que dans
la joie. Seul son père pourrait la comprendre. Il était
tellement semblable à elle, dans les ascensions comme
dans les faillites !

— Vous êtes bien songeuse, tout à coup. Quel vilain
souci vous éloigne de moi ?

Les modulations graves de sa voix l'atteignirent sans
l'extirper de sa rêverie :

— Je pensais à mon père. Je regrettais qu'il ne soit pas
venu en vacances avec moi ; il m'a toujours été de bon
conseil.

Une lueur d'amusement traversa son regard sombre.
Armelle crut qu'il s'apprêtait à plaisanter sur son attache-
ment filial et sortit immédiatement ses griffes.

Mais au contraire, avec une lucidité qui ne lui déplut
pas, il observa :

— Je suis sûr que, ce soir, vos amis seraient d'aussi bon
conseil si vous me conduisiez à eux. Acceptez de me les
présenter, vous verrez qu'ils découvriront derrière mon
smoking un nombre incalculable de qualités qui leur
avaient échappé à Cuzco, l'autre jour.

— Mon père a plus de discernement, rétorqua-t-elle,
heureuse de la nouvelle complicité qui s'instaurait entre
eux.

— Vous tenez de lui ?

— On le dit.

Ils avaient fait demi-tour près d'une petite mare où
coassaient quelques crapauds et revenaient sur leurs pas
en direction de la discothèque :

— Pourquoi ne vous a-t-il pas accompagnée ? demanda
Lorenzo à brûle-pourpoint.

— Mon père ? Il estime que je devrais le quitter plus
souvent ! Il serait même capable de me mettre bientôt à la
porte, car il craint toujours que je ne profite pas assez de
ma jeunesse ! Il a du mal à admettre que je préfère
discuter des soirées entières avec lui plutôt qu'aller
danser... Et puis, mes deux meilleures amies, Martine et

Nicole, se sont mariées dans l'année, elles sortent beaucoup moins, et ne m'entraînent plus.

— Et vous ? Vous n'avez pas encore songé à vous
marier ?

Le cœur d'Armelle se déchaîna dans sa poitrine. Elle
n'avait jamais tant songé au mariage que ces derniers
jours.

— Jamais sérieusement, murmura-t-elle, persuadée
qu'elle ne mentait pas.

Sa réponse anodine déclencha un réflexe brutal qui
la déconcerta. Allongeant son enjambée, Lorenzo vint
lui faire face et son regard scrutateur la sonda jusqu'à
l'âme :

— Le mariage n'est pas une vétille. On y pense
sérieusement, ou pas du tout !

Sans savoir exactement pourquoi, elle était contente de
sa réaction.

— Je ne le nie pas, bégaya-t-elle.

— Alors, réfléchissez davantage à ce que vous dites !

— Je... je ne croyais pas vous blesser...

Son mouvement coléreux l'avait égarée. Maintenant,
elle avait parfaitement conscience de proférer des inepties,
ce dont il ne lui fit pas grâce :

— Ce n'est pas moi que vous blessez, mais vous-même,
rectifia-t-il. Pour un mot aussi maladroit, mes compatrio-
tes porteraient sur vous des jugements dont vous auriez
sans doute à rougir. Laissons leur légèreté aux femmes
légères et rendons leur gravité aux institutions graves. Le
mariage en fait partie. Etes-vous de mon avis ?

— Bien sûr, acquiesça-t-elle, tiraillée entre des sentiments contradictoires.

Le respect de Lorenzo pour le mariage prouvait-il qu'il
la respecterait elle-même, ou au contraire qu'il épouserait
un jour une Péruvienne, sans se priver auparavant
d'aventures ?

Au bout de leur deuxième rencontre, l'évidence s'imposait : Armelle était tombée amoureuse d'un homme
différent des autres, imprévisible, qui endossait avec la

même aisance le rôle de pauvre hère et celui de riche seigneur. Elle ne se demanda pas quel était son métier ni d'où lui venait sa fortune. Elle se demanda simplement ce que lui réservait, désormais, le destin.

CHAPITRE III

Contre toute attente, Armelle n'eut pas trop de mal à faire admettre à ses amis qu'elle se séparait d'eux. En fait, ils en furent même plutôt soulagés, car depuis la petite aventure de Cuzco, ils trouvaient leur compagne morose et difficile à divertir. Ils lui reprochèrent surtout de « n'avoir pas dansé une seule fois », de « ne pas savoir s'amuser » et de « manquer d'enthousiasme ».

— C'est vrai, admit-elle. Je me sens un peu fatiguée ces derniers temps. Quelques jours de repos à Lima me feraient le plus grand bien.

Martine fut la première à acquiescer :

— D'autant plus que le climat en Amazonie est suffocant, insupportable... Cette excursion ne te vaudrait rien.

Armelle jubilait intérieurement.

Après une nuit agitée, où la seule pensée de Lorenzo la réveillait, elle se leva assez tôt pour prendre le petit déjeuner avec eux. Elle voulait aussi s'assurer qu'ils n'avaient pas changé d'avis au dernier moment ; elle les croyait capables, après délibération secrète, de remettre leur départ.

Mais tout se passa bien : ils entassèrent dans ses placards les vêtements qu'ils n'emportaient pas. Cela leur permettait de libérer leurs chambres et d'éviter de payer l'hôtel pendant leur absence.

Ils lui recommandèrent de reprendre des couleurs et s'engouffrèrent, joyeux, dans le taxi qui les menait à l'aéroport du Callao.

Pour les faire rire, Armelle agita un moment son mouchoir. Puis elle rentra dans le hall, où le réceptionniste l'arrêta avec une obséquiosité inhabituelle :

— Mademoiselle Fleurance ?... Il y a une visite pour vous. La personne vous attend dans le salon.

Elle jeta un furtif coup d'œil à la pendule : huit heures. Ce ne pouvait pas être Lorenzo.

— Désirez-vous que je vous fasse servir un café ?

Elle haussa les épaules, tant la proposition lui parut incongrue :

— J'aimerais d'abord savoir de qui il s'agit...

La phrase s'étrangla dans sa gorge.

Sa silhouette imposante apparut dans l'arche qui séparait les deux salles. Il s'appuya contre le mur et la contempla sans un mot. Une flamme de malice pétillait au fond de ses prunelles sombres. Il avait retrouvé l'allure décontractée de Cuzco, une chemise greige et un pantalon de toile. Elle n'aurait su dire si sa prestance était plus avantageuse ainsi ou en smoking. Mais peut-être la devait-il avant tout à son regard dominateur.

Confuse, elle passa une main dans ses cheveux, à peine démêlés par trois coups de brosse hâtifs au saut du lit. Ses joues rosirent et son cœur se mit à battre la chamade. Elle grimaça :

— Je regrette... Je ne suis guère présentable... Je ne m'attendais pas...

Il ne disait toujours rien et semblait lutter contre le fou rire.

La présence du réceptionniste, qui feignait de compulser ses registres mais épiait le couple du coin de l'œil, devint intolérable. Armelle aurait juré que c'était à cause de lui qu'elle perdait tous ses moyens. Elle s'avança d'une démarche raidie vers le salon pour échapper à sa surveillance.

— Vous êtes en avance, lança-t-elle, boudeuse, en s'enfonçant dans un profond fauteuil.

Amusé, Lorenzo l'imita et expliqua avec un geste vague :

— L'idée m'est venue que nous pourrions dîner à Cuzco plutôt qu'y déjeuner.

— Et c'est pour cela que vous êtes en avance ?... A première vue, la chose n'est pas évidente !

— Vous connaissez déjà le trajet en avion. En prenant ma voiture, nous arriverons en fin d'après-midi et...

Elle l'interrompit d'un toussotement nerveux. Un pli réprobateur s'était creusé entre ses fins sourcils pâles. A son insu, la nuit avait porté conseil. Maintenant, la perspective de cette fugue à deux l'effrayait :

— Pourquoi ne pas rester à Lima ?

Une ombre de contrariété passa sur le visage de son interlocuteur. Mais il se reprit assez vite, dans une moue narquoise :

— Seriez-vous versatile ? Nous étions convenus...

— De partir en avion, trancha-t-elle d'une voix batailleuse. Vous m'accusez de défauts qui sont les vôtres. C'est vous qui faites irruption ce matin en bousculant nos projets.

Ce changement de programme lui apparaissait suspect. Arriver à Cuzco dans la matinée lui aurait laissé tout le temps nécessaire pour trouver une chambre libre dans un hôtel. En arrivant le soir, elle risquait d'être prise au dépourvu. Prise au piège, peut-être. Cet homme n'espérait-il pas avoir la partie belle pour l'amener à céder à ses assiduités ?

Elle décela un manège équivoque. Plus il chercherait d'arguments pour la convaincre, plus elle devrait lui tenir tête.

— Voyons, Armelle, ne soyez pas sotte ! Vous savez très bien pourquoi j'ai choisi Cuzco... Et puis, Lima est une ville lugubre, humide et grise.

— Lima recèle des trésors que je n'ai pas encore découverts : je n'ai pas visité le musée Mujica, je n'ai pas navigué sur le rio Rimac, l'informa-t-elle d'une voix suave. Sans compter des merveilles cachées, que je n'imagine même pas et que vous pourriez me faire découvrir...

Il pianota d'un air distrait sur le bras de son fauteuil :

— Bon, avoua-t-il enfin, feignant de se modérer. Premièrement, je déteste Lima et ne prendrais aucun plaisir à y jouer les guides touristiques...

Il hésita. Le silence se prolongea, amplifiant les craintes de la jeune fille. Elle se rendait compte de la bêtise qu'elle était en train de commettre. Lorenzo devait se classer parmi les flirts de vacances, c'est-à-dire les plus dangereux !

Ce fut elle qui relança :

— Et deuxièmement ?

Il sourit en coin, légèrement ennuyé mais déjà certain de posséder sa proie :

— Je vais être franc. Il y a ici une foule de gens que je n'ai pas envie de rencontrer.

— Tiens ? fit-elle, soudain égayée.

S'était-elle trompée ? Lorenzo menait-il une double vie ? Se cachait-il pour des raisons politiques ou... ? Cela donnait tout à coup plus de piquant à l'aventure.

Le grain de folie passa dans sa tête à la vitesse d'un éclair et s'éteignit aussitôt. La veille, au Club d'Ancon, ce cher Monsieur n'avait pas du tout l'air de se terrer ! Une explication plus sordide s'imposait :

— Irène, par exemple ?

— Déjà jalouse ? Cela promet !... Oui, Irène entre autres, mais pas seulement elle... Tout le monde, même le réceptionniste de votre hôtel m'indispose. Ne me questionnez pas, vous en comprendrez la cause dans quelques jours.

— Je crains de comprendre dès à présent, jeta-t-elle froidement.

— Vous vous trompez à coup sûr.

Cette conversation lui était visiblement désagréable. Armelle était de plus en plus convaincue qu'il inventait

ela pour la persuader de partir. N'importe quel Péruvien
urait été flatté de se pavaner avec une jolie blonde au bras
ans la ville où il était le plus connu. Même s'il lui avait
nenti à propos d'Irène, s'il était son amant, ce n'était pas
evant elle qu'il fuirait ; la façon dont il l'avait traitée hier
oir prouvait assez qu'il ne la craignait pas.

Bien décidée à le pousser dans ses retranchements, elle
bjecta, insidieuse :

— J'ai toujours entendu dire qu'il était plus facile de
asser inaperçu dans une capitale que dans une ville de
rovince.

Il se leva en claquant furieusement des talons :

— Eh bien, ce n'est pas mon cas !

Elle savait qu'elle l'énervait et s'attendait à le voir
rpenter la pièce. Mais il vint doucement s'agenouiller
evant elle :

— Laissons ces polémiques, supplia-t-il. Nous nous
aisions une joie de voyager ensemble. Je jurerais que vous
'avez pas dormi de la nuit, et moi non plus. Partons dans
e calme, apprenons à mieux nous connaître pendant ces
uelques jours...

La sérénité était revenue sur ses traits, mais ses yeux
oirs brûlaient d'une passion dévorante. Armelle
étourna le regard et se mordit la lèvre. Elle savait déjà à
uel point il serait difficile de lui résister. Le risque était
rop grand.

Elle ouvrit la bouche pour dire quelque chose. Lorenzo
a devança :

— J'ai téléphoné pour vous réserver une chambre dans
hôtel où vous étiez descendue, la semaine dernière. Au
as où la maison de mes amis ne vous paraîtrait pas assez
onfortable...

Des larmes de bonheur et de soulagement lui montèrent
nstantanément aux yeux. Elle lutta pour les refouler et
issimuler son émotion :

— Oh, ce n'est pas ça !

— Ah bon ?

Sa voix traîna sur les deux syllabes avec un étonnement

feint. Il avait percé la cause de ses réticences et l'intona
tion sarcastique était sans équivoque. Bien qu'elle gardâ
les yeux fixés sur un point invisible, vers le plafond
Armelle devina aisément son expression narquoise.

Elle lui pardonnait bien volontiers de se moquer d'elle
Sa méfiance avait été ridicule. Lorenzo était la droiture
l'honnêteté et la délicatesse mêmes. Comment avait-elle
pu le soupçonner de mauvaises intentions ?

— Je vais chercher mon sac, annonça-t-elle en se levan
d'un bond.

Il l'accompagna jusqu'à l'ascenseur :

— Ne vous encombrez pas trop de bagages. On se sen
plus léger quand on voyage les mains dans les poches

Le groom, à proximité, prouvant stupidement qu'i
laissait traîner une oreille indiscrète, s'empressa :

— Vous avez des bagages à descendre, Mademoiselle
Désirez-vous que je vous accompagne ?

Jamais encore on ne l'avait traitée ici avec tant d
déférence. Armelle marqua un temps de surprise qu
permit à Lorenzo d'intervenir précipitamment, d'un to
sec :

— Ce n'est pas nécessaire, merci. Il s'agit d'un simpl
sac à main.

Interloquée, la jeune fille s'engouffra dans l'ascenseur
Les portes se refermèrent sur elle. Pourquoi Lorenzo
avait-il refusé l'aide du garçon d'étage ? Cela ne cadrai
guère avec sa galanterie habituelle. Elle fronça les sour
cils, puis se détendit : le détail était sans importance
Toute à la joie de ce qui venait de lui arriver, elle n'y prêt
plus attention.

Elle n'avait plus peur. Aucune culpabilité ne la ron
geait. Lorenzo avait prouvé qu'il ne cherchait pas seule
ment à s'amuser. A moins qu'il ne fût monstrueusemen
machiavélique ?...

Non. Elle repoussa cette éventualité. Lorenzo voulait
comme elle, s'assurer que leur attirance s'étayait sur de
sentiments profonds. Convaincue qu'il la respecterait, ell
partit avec lui d'un cœur léger.

Ils s'arrêtèrent pour déjeuner dans une gargote popu-
e où le tumulte les empêcha de parler. Les gestes
ntionnés de son compagnon, les regards complices
'ils échangeaient, leurs rires étouffés, tout ressemblait à
naissance d'un bonheur.

Au fil des heures, des paysages variés se succédaient.
melle s'avouait son amour avec de moins en moins de
erve.

Ils empruntèrent une route sinueuse qui grimpait vers
montagne. Dans certains virages plus dégagés, les
des se découpaient, impressionnantes, sur un fond de
l rosissant.

Et brusquement, à Cuzco, il fallut que sa méfiance et
a effroi ressurgissent, décuplés.

Lorenzo se dirigea directement sur la petite place où ils
taient rencontrés pour la première fois. Il arrêta la
ture et vint ouvrir la portière de sa passagère :

— Nous devons commencer par ce pèlerinage,
nonça-t-il avec un sourire étrange.

Elle avait cessé de se tenir sur ses gardes. Sans lui laisser
emps de comprendre, il la plaqua contre la carrosserie,
'ouit ses deux mains dans la chevelure blonde qui se
vrait aux rayons du crépuscule.

Elle fut traversée d'une onde brûlante. Le corps de
omme ondulait contre le sien. Ses caresses se firent
utant plus précises qu'elle y était vulnérable. Il mordait
lèvres, les quittait, puis les reprenait avidement.

La panique se répandit dans ses veines. Son sang
rmillait à fleur de peau. Elle avait une conscience aiguë
plaisir comme elle n'avait jamais eu, mais en même
nps la conscience de s'être précipitée dans le gouffre.

Des images défilèrent derrière ses paupières closes. Par
tour de magie, elle fut projetée dans le passé. Elle
ivait, dans ce même décor, leur premier regard. Et les
nements se déroulaient comme ils auraient dû se
ouler ce jour-là. Lorenzo quittait sa guitare. Avançait
s elle. Ils se fondaient l'un dans l'autre.

Un parfum émanait de lui, de son cou, de sa poitrine

aux muscles tendus. Un homme qui va nu-pieds utilis
t-il une eau de toilette ? Armelle frémit. Il s'agiss
surtout d'un extrait de fruit défendu distillé dans
propre imagination !

Elle le repoussa violemment :

— Vous n'obtiendrez rien de moi ! Si c'est pour c
que vous m'avez amenée ici, votre peine est perdue !
savais que vous vouliez en arriver là ! Votre déploieme
de romantisme était trop beau pour être sincère !

Elle criait presque, haletante, étonnée de pouv
encore aligner toutes ces phrases. Elle perdait pied. E
espérait lui porter des coups mortels et ne se faisait n
qu'à elle-même.

Puis ses yeux d'azur commencèrent à briller, et e
fondit en larmes. Elle avait si peur, maintenant, qu'il
profitât de sa faiblesse ! Un seul baiser suffisait po
l'enliser. Elle le savait jusqu'au désespoir. Lorenzo av
bien calculé sa partie !

Il lui caressa doucement la joue. Elle ne fit rien po
l'en empêcher. Elle tremblait.

— Les Françaises n'ont aucune logique, observa-
avec tendresse. Combien de vacances vous reste-t-

Interloquée, elle renifla :

— Deux semaines.

— Je vous aime aujourd'hui, et je devrai attend
quinze jours pour me déclarer ? C'est cela ?

Elle se troubla. Elle avait bien entendu, mais étai
sincère ? N'était-il pas prêt à toutes les supercheries po
la posséder, maintenant qu'ils étaient arrivés à destinati
et qu'elle n'avait plus d'armes pour se défendre ?

Seule la ferme volonté de lui résister l'anima :

— Permettez-moi de douter, siffla-t-elle entre
dents. Vous êtes trop pressé d'employer de grands mo
Pour ma part, j'appellerais votre attirance un dé
physique, qui vous égare et que vous êtes incapable
contrôler !

Il l'attrapa par les deux bras et la secoua à lui faire ma

— Un désir physique ? rugit-il. Que reprochez-vo

nc à votre corps, et au mien ? Un désir comme celui que
us éprouvons ne se dissocie pas de l'amour. Nous
mmes des êtres libres et nous nous possédons déjà. Je
accepterai de vous aucune hypocrisie !

Il était hors de lui. Elle se défendit d'une voix
aiguë :

— Vous m'avez conduite dans un traquenard et vous
accusez de supercherie ? Vous m'avez promis le respect
vous glorifiez nos plus bas instincts dans le but de me
chir ! Vous...

Il leva la main brusquement :

— Tout doux ! Tout doux !

Il bouillonnait d'une telle colère qu'elle crut qu'il allait
frapper. Elle enfouit son visage dans son coude pour se
rer du coup.

Lorenzo éclata d'un rire hostile :

— Votre attitude correspond à un aveu ! Vous savez
e vous mériteriez d'être battue. C'est peut-être ce que
us cherchez, d'ailleurs. Excusez-moi, je suis adepte de
non-violence.

Ces paroles firent sur Armelle l'effet d'une douche
ide, plus efficace qu'une gifle. Sa poitrine était soule-
e au rythme d'une respiration désordonnée. Elle fuyait
clat terrible des yeux posés sur elle, attendant que
rage s'apaise. Le silence pesait des tonnes, creusant
tre eux un fossé désormais infranchissable.

Ce fut Lorenzo qui le rompit, d'une voix sourde :

— Vos yeux m'ont déjà donné ce que vous prétendez
refuser aujourd'hui. Si je l'avais voulu, vous auriez été
première à me dire : « Je t'aime », ici même, la semaine
ssée.

— Quelle présomption, ricana-t-elle. Avec un tel
gueil, vos fantasmes doivent vous suffire. Contentez-
us donc de ce que mes yeux vous ont soi-disant donné !

L'homme était pâle, ses joues anormalement émaciées.
e veine tressaillait, par saccades, à ses tempes.

Sans un regard pour elle, il contourna sa voiture, ouvrit

la portière, en sortit le petit sac qui contenait ses effets
le déposa dédaigneusement à ses pieds :

— Vous connaissez le chemin de l'hôtel, vous n'av
plus besoin de moi.

Abattue, les yeux rivés sur son bagage et le bout de s
sandales, Armelle ne répondit pas. Son esprit ét
affreusement vide.

Elle l'entendit mettre le contact. Partir sans précipi
tion. Puis s'arrêter quelques mètres plus loin.

Elle courut vers lui, pleine d'espoir. S'était-il aperç
lui aussi, que leur querelle était sans fondement ?

Au moment de se pencher vers la vitre ouverte, elle f
clouée d'horreur. Ses yeux effarés s'arrêtèrent sur u
liasse de billets qu'il tenait froissés dans sa main crisp

L'impassibilité de sa voix lui vrilla le cœur :

— Voici pour votre hôtel et votre retour. Je vous d
ce dédommagement.

Elle se détourna, morte de honte. Il jeta les *libras* par
portière et, cette fois, démarra en trombe, soulevant
petit nuage de poussière et les billets qui se miren
voleter autour d'elle.

En une seconde, des enfants jusque-là invisibles sur
rent d'on ne sait où et s'emparèrent des coupures avec c
cris de joie.

Armelle donna un petit coup de pied sec dans son s
comme le font les comiques pour manifester leur dép
Elle se sentait clownesque. Les enfants péruviens l'obs
vaient, stupéfaits autant qu'effrayés à l'idée qu'elle p
leur réclamer leur butin. Naturellement, elle n'en fit ri

Il était déjà tard, l'avion quotidien en direction de Li
avait décollé depuis longtemps. Elle ne pourrait rent
que le lendemain soir.

Le patron de l'hôtel l'accueillit avec une jovial
dérangeante :

— Vous avez donc conservé un bon souvenir de m
modeste établissement ! Cuzco est plus ensoleillé q
Lima, n'est-ce pas ?

Elle répondit par monosyllabes. Une friture crépit

ans les cuisines. La fumée odorante se répandait jusque
ans l'entrée :

— Dînerez-vous ce soir ?

Elle n'avait pas faim mais n'osa pas le décevoir. Elle
'osa pas non plus annoncer qu'elle ne resterait qu'une
uit, ni demander pour combien de nuits Lorenzo avait
etenu la chambre.

C'était une chambre plus spacieuse que celle qu'elle
vait occupée à son précédent séjour. Une balustrade de
ois vermoulu ceinturait un balcon branlant. Elle s'y
asarda malgré tout, laissant errer devant elle un regard
bsent. La terre ocre et pierreuse s'obscurcissait au loin,
ur les flancs de la montagne andine.

Armelle était hébétée. Tout s'était passé si vite : la
encontre, le coup de foudre, l'amour fou, la rupture. Elle
efoulait sévèrement son chagrin. Si elle cédait à ses
npulsions, elle souffrirait plus qu'elle n'avait jamais
ouffert. Lorenzo avait entrepris un travail dévastateur
ont elle ne se relèverait jamais.

Elle revit avec un détachement stupéfiant la rupture de
es fiançailles, deux ans plus tôt. Elle avait pleuré, certes,
ais ses regrets avaient été proportionnels à ses senti-
ents. Ce qu'elle avait éprouvé quand Lorenzo l'avait
appée dans ses bras, quand il avait passionnément
ordu ses lèvres, elle ne l'avait jamais éprouvé aupara-
ant.

La douleur risquait de devenir insurmontable.

Elle dîna du bout des dents et monta immédiatement se
oucher. Des sanglots inconscients agitèrent son sommeil.

Deux coups discrets frappés à la porte la réveillèrent.

Déjà le petit déjeuner », bougonna-t-elle. Elle était de
ort mauvaise humeur, fiévreuse, les yeux bouffis. La
urnée s'annonçait interminable.

Elle ne prit pas la peine de quitter ses draps tièdes :

— Entrez.

— Etes-vous présentable, au moins ? plaisanta une voix
ui la fit tressaillir.

Mais, sans attendre de réponse, Lorenzo franchit le

seuil, avec un plateau bien garni. Le parfum du café s
répandit dans la pièce.

— Comment osez-vous ?

D'un bond, elle s'était dressée sur son séant, rassem
blant sur sa poitrine les plis de sa chemise de nuit.

— Chut ! fit-il pour couper court à ses récriminations

Il semblait frais et dispos. Seuls des cernes plu
prononcés sous ses yeux laissaient deviner qu'il n'avait pa
si bien dormi qu'il voulait le faire croire.

Il déposa le plateau sur l'édredon, à la hauteur de se
jambes allongées :

— Ne bougez plus, vous feriez un désastre ! conseilla
t-il d'un air gentiment moqueur.

— C'est ce qu'on appelle être cloué au lit !

— En quelque sorte, oui. A part vous attacher, je n'
pas trouvé d'autre moyen de me faire écouter calmemen

— Je croyais que nous n'avions plus rien à nous dire

Elle s'imaginait horriblement laide et luttait contr
l'envie de lui cacher son visage. Il le sentit, passa un doi
sur son front pâle, à la peau lisse et tendre :

— N'ai-je pas encore assez prouvé la pureté de me
intentions ?

Elle se buta :

— J'ai dû me battre pour l'obtenir.

— Ce sont là vos conclusions matinales ? railla-t-i

— Oui.

— Vous n'avez donc pas réfléchi ?

— La situation me paraissait claire.

— A moi aussi, du moins jusqu'à votre esclandre, su
la place... Vous saviez pourtant que nous avons parcour
cinq cents kilomètres pour échanger notre premier bais
dans ce décor.

Elle se détourna. Etait-il venu pour la torturer ? Sa fi
chemise de nuit ne pesait rien sur ses épaules et s
poitrine. Elle avait l'impression d'être nue. Un dés
chaud montait le long de ses membres. Elle aurait vou
pouvoir les repousser tous deux, le désir et Lorenzo, ma
n'y parvenait pas.

— Je le savais, avoua-t-elle, tremblante. Mais je ne m'attendais pas à cette... à cette...

Elle allait dire « sauvagerie », mais le mot même, en franchissant ses lèvres, aurait accru la sensualité qui la submergeait.

Lorenzo ne termina pas la phrase qu'elle laissait en suspens. Il déploya son grand corps athlétique et se dirigea vers la porte :

— Je ne suis pas pressé. Je vous attends en bas.

Dès qu'il fut sorti, elle repoussa le plateau et se prépara avec une joie déraisonnable. Elle était partie pour faire des folies.

Tant qu'elle était capable de se contrôler au bon moment, comme hier soir... Car, hier soir, pour être franche, ce n'était pas contre lui qu'elle s'était fâchée, mais contre elle-même. Elle n'avait pu refouler sa passion que dans la colère. Il suffirait d'agir toujours ainsi, puisque Lorenzo revenait le lendemain... Et puis, n'avait-il pas prouvé, ce matin encore, qu'il n'abusait pas des situations ?

Elle dévala l'escalier dans un tourbillon de jupe à volants blancs, liserés de rose. Comme il n'avait pas pris sa voiture, ils marchèrent jusqu'à la place de l'hôtel de ville.

— Vous avez déjà vu cela, je pense ? s'enquit-il en désignant d'un geste large la richesse écrasante des architectures monumentales.

En effet, elle avait visité les somptueux palais, une des cathédrales et son couvent.

Sans en dire davantage, Lorenzo continua son chemin. Ils dépassèrent la ville et arrivèrent dans les faubourgs miséreux. Là, il lui prit la main.

Des cahutes de brique crue, agrippées tant bien que mal à la montagne aride, répandaient des fumets de graisse grillée et de piments forts. Des petites filles, ployant sous le poids de brocs emplis d'eau, passaient comme des souris et disparaissaient dans les embrasures.

Armelle resta tendue jusqu'au moment où ils arrivèrent

à destination. Aussitôt, l'accueil des Indiens dissipa son malaise. Elle avait enfin le privilège de pénétrer dans le monde fermé des Quechas.

Lorenzo la confia à des jeunes filles qui ne parlaient pas l'espagnol, puis partit se joindre aux hommes restés à l'intérieur de l'habitation. Avec des rires étouffés, les adolescentes entreprirent de natter les cheveux de leur invitée. Elles s'attardaient avec délices sur les fils d'or qui roulaient entre leurs doigts agiles. Armelle se prêta de bonne grâce à leur manège. Ses yeux bleus s'écarquillaient à observer tout à la fois. Elle se sentait bien, dans un état d'émerveillement proche de l'extase.

Personne ne semblait s'occuper de cuisiner. Des femmes bavardaient, assises en cercle autour d'un amas de pierres plates. Des assiettes de céramique furent distribuées, et aussitôt reposées à terre par les convives qui s'en désintéressaient. Quand les enfants venaient chahuter à proximité, elles s'emplissaient de poussière.

Enfin les femmes, avec mille précautions, commencèrent à retirer les pierres qu'elles surveillaient. Armelle constata qu'elles étaient brûlantes et recouvraient un trou creusé dans la terre, où la nourriture avait été mise à cuire.

Prévenus par les enfants, les hommes arrivèrent.

Lorenzo marqua un instant de surprise : les deux longues tresses blondes qui pendaient de chaque côté du visage tendu vers lui accentuaient son expression enfantine :

— Quel âge avez-vous, Seigneur ?

— Vingt-deux ans.

Il prit place à côté d'elle, épousseta une assiette avant de la lui tendre :

— Je n'attendais pas de réponse. La beauté n'a pas d'âge. Nous sommes éternels.

Elle émit un petit chuintement moqueur :

— Auriez-vous la prétention d'être beau ?

— Nous ne l'étions qu'à moitié avant de nous connaître, décréta-t-il, passant outre son ironie. La beauté éternelle existe seulement lorsque l'homme et la femme destinés l'un à l'autre sont enfin réunis.

— Faisons une trêve, voulez-vous ? Parlez-moi plutôt de mes hôtes.

Elle dédia en même temps un sourire à la vieille Indienne qui déposait dans son assiette une racine de manioc, une patate douce et un morceau de viande enroulé dans une feuille de bananier :

— Cette femme est-elle de votre famille ? Ces jeunes filles sont-elles vos cousines, ou seulement les sœurs de vos amis ?

Lorenzo secoua la tête, comme si la question le dépassait :

— Les Occidentaux ont toujours besoin de se situer, par rapport aux personnes, aux dates, aux objets. Chez nous, la famille compte beaucoup, mais elle s'étend à ceux avec qui nous nous découvrons des affinités.

Il se pouvait qu'il fût issu d'un milieu de riches hacendados comme ceux qui fréquentaient le Club d'Ancon. Mais il n'avait en effet ni leur insolence, ni leurs manières un peu voyantes, ni leur façon de s'habiller qui révélaient une promotion rapide et récente. Par la noblesse qui perçait sous leur misère, les Indiens de Cuzco lui ressemblaient davantage.

— Toutes mes affinités sont dans la sierra, confirma-t-il, rêveur. Je vous y emmènerai tout à l'heure.

Leurs réflexions suivaient souvent un cheminement analogue. Armelle ne s'en étonnait plus. Des bouffées de tendresse montaient en elle. Elle oubliait déjà combien il pouvait la faire souffrir.

Elle comprit cet après-midi-là que Lorenzo ne jouait pas. Il prenait tout au sérieux. Son tempérament passionné s'exaltait pour un brin d'herbe jauni sur la caillasse aride, pour le vol majestueux d'un condor qui étendait son ombre immense sur la montagne. Les minces résistances d'Armelle s'effondrèrent rapidement. Elle se laissa bercer par les modulations suaves de sa voix. Les heures passèrent à la vitesse d'un rêve.

Quand le crépuscule s'étendit sur la sierra, elle reçut le même choc que Cendrillon au douzième coup de minuit :

— Raccompagnez-moi à mon hôtel, décida-t-elle soudain avec autorité.

— Nous avons bien le temps. Je vous apprendrai à vous abandonner au moment présent.

L'ancienne méfiance, mêlée maintenant de rancune, resurgit :

— C'est cela, persifla-t-elle. Et si demain le ciel s'écroule ?

— Dans ce cas, vous regretteriez sûrement de n'avoir pas vécu intensément votre bonheur.

Il la scrutait, les yeux flamboyants de désir. Elle se crispa. Est-ce que chaque soir, à la tombée de la nuit, la même angoisse l'étreindrait ? Est-ce que chaque soir, tout serait à recommencer ?

— Je préfère rentrer tout de suite.

— Pour vous barricader dans votre chambre ?

— Exactement. Avec vous, les barricades ne sont pas une protection inutile.

Il s'arrêta, prit à deux mains son visage et l'obligea à le regarder. Elle aurait contemplé sans jamais se lasser ses traits d'une pureté parfaite. Il plongea dans ses prunelles très claires, où la pupille se rétrécissait jusqu'à devenir un point invisible. Elle était apeurée, et comme convalescente.

— Ma belle rebelle ! Vous n'avez pas encore compris que je veux vous épouser ?

Une explosion qui n'attendait qu'un rien pour se déclarer, la projeta dans ses bras :

— Oh, Lorenzo ! Je vivrai mon bonheur intensément, je le jure ! Je vous aime. C'est terrible comme je vous aime, balbutia-t-elle en l'étreignant fébrilement.

Elle pleurait. Il joua avec ses boucles en maintenant sa tête contre sa poitrine :

— Tu as mis beaucoup de temps à le reconnaître. Faistoi pardonner ?

— Je t'aime, murmura-t-elle, très bas, presque intérieurement.

— A Lima, nous nous occuperons des papiers à l'ambassade, et nous nous marierons dès que les formalités le permettront.

— Et pourtant, nous nous connaissons à peine.

Il la serra plus fort :

— Nous avons toute une vie pour discuter *à bâtons rompus.*

Il employait pour la première fois une locution française, en français. Sidérée, elle s'éloigna de lui en hochant la tête et sourit à travers ses larmes de bonheur :

— Vous parlez le français ?

— Seulement dans les moments solennels, railla-t-il.

Elle eut l'impression qu'au fil des ans, elle aurait toujours quelque chose à découvrir en lui. Il était une mine inépuisable de beauté, de passion, de finesse...

La nuit tomba sur la sierra. Il l'obligea à enfiler son propre poncho pour redescentre vers la ville. Le silence était intense et les ténèbres de la terre, à l'infini, rejoignaient celles du ciel.

Armelle s'abandonna au rythme de son pas. Ce n'était plus leur coup de foudre inimaginable qui lui semblait étrange, mais plutôt la brumeuse perspective des démarches à l'ambassade, des formulaires à remplir pour se marier. Un univers de bureaucratie existait-il vraiment, quelque part, parallèle à l'univers féerique dans lequel Lorenzo l'avait plongée ?

CHAPITRE IV

Ils passèrent à Cuzco des jours heureux et sages. Lorenzo se révélait un fiancé exemplaire. Armelle n'eut plus jamais à le remettre à sa place ; elle finit par se convaincre que seule sa méfiance avait provoqué leurs conflits désormais oubliés.

Elle tint malgré tout à rejoindre Lima au moins quelques heures avant le retour de ses amis :

— Mieux vaut qu'on me trouve à mon poste ! Je préfère ne pas créer trop d'émotions à la fois... L'annonce de mes fiançailles sera un choc bien assez important !

— Aviez-vous fait vœu de célibat ? s'étonna Lorenzo moqueur.

Il lui adressa une grimace qu'elle lui renvoya aussitôt :

— Ce n'est pas ça, mais il faudra que je leur fasse admettre que vous ne vous promenez pas toujours pieds nus, une guitare sur l'épaule.

— Hum hum, toussota-t-il. La guitare est gênante ?

Elle réfléchit un instant puis hocha la tête d'un air très convaincu :

— C'est un instrument qui ne fait pas sérieux. Ne pourrait-il pas s'inscrire parmi les « signes extérieurs de vagabondage » ?

— Pourquoi pas ? s'esclaffa-t-il... Et je suppose que vos amis seraient horrifiés de vous voir épouser un troubadour ?

— Incontestablement !... Mais qu'importe, je ferai malgré eux le serment de vous suivre où que vous alliez.

— A moi, il ne m'importe guère. C'est vous qui semblez attacher beaucoup de prix à leur opinion.

Elle reprit son sérieux :

— Pour être franche, je redoute qu'ils vous dépeignent à mon père sous des traits qui ne sont pas les vôtres et ne lui causent un souci inutile.

— Mais votre père, c'est évident, me connaîtra avant de les revoir ! objecta Lorenzo. Nous allons lui envoyer tout de suite un billet d'avion pour qu'il nous rejoigne.

— Oh non ! Votre invitation l'affolerait... Mieux vaudrait...

Un pli inquiet se creusa entre les épais sourcils noirs :

— Vous ne désirez pas qu'il assiste à notre mariage ?

— Si, si, bien sûr, mais... Lorenzo, murmura-t-elle en se faisant câline... Nous en reparlerons... Ne serait-il pas préférable de nous marier à Paris ?

Il la caressa et l'ébouriffa à la fois :

— Chère petite tête changeante !

Le carillon de l'Alcadia sonnait trois heures. La Colmena, la grande avenue des affaires, était déjà encombrée, et un policier coiffé d'un casque blanc sifflait désespérément pour régulariser le trafic. Comme souvent, Lima stagnait dans un brouillard froid. La grisaille, pourtant, ne dégageait aujourd'hui aucune tristesse, constata Armelle d'un cœur léger.

— Je vais essayer d'éviter le centre, marmonna Lorenzo en entreprenant une marche arrière peu orthodoxe pour se dégager de sa file. A quelle heure arrivent vos amis ?

— A six heures, je crois.

Les mains à plat sur le volant, il s'étira :

— Inutile de prendre des risques, nous avons le temps.

— J'aimerais me reposer un peu avant leur retour.

Par mesure de précaution, ils avaient quitté Cuzco à trois heures du matin. Anxieuse de ne pas se réveiller,

Armelle s'était à peine assoupie. Maintenant, la fatigue lui picotait les yeux.

Son compagnon, lui, restait toujours égal à lui-même. Ses traits ne s'altéraient pas. Elle supposa qu'il était habitué à dormir peu.

Ils arrivèrent au coin de l'avenue Albancay. Ils ralentirent devant l'hôtel. Avant même que la voiture fût complètement stationnée, le groom se précipita. Tant de prévenances les fit sourire.

— Dînez-vous avec moi, ce soir ?

Elle se laissa enlacer tendrement mais refusa :

— Ce serait manquer de tact, non ? Après cette longue absence, je dois bien une soirée à mes amis.

— Il n'était pas question de les exclure ; dînons tous ensemble !

— Non, vraiment...

Elle se mordit la lèvre. Elle ne savait pas quel sombre pressentiment l'empêchait de s'abandonner au bonheur. C'était comme pour son père. Une partie d'elle était impatiente de lui présenter Lorenzo ; et une autre partie lui criait de faire très attention, de ne pas se précipiter.

L'étreinte se resserra. Son fiancé avait décidément une patience d'ange. Nullement décontenancé, il semblait s'amuser beaucoup de ses enfantillages :

— Je prendrai un verre au bar. Si vous changez d'avis, vous saurez où me joindre.

— Au bar de l'hôtel ? précisa-t-elle en jetant un coup d'œil effaré vers la façade.

— Je ne vous comprends pas...

— Il n'y a rien à comprendre. Je suis ainsi. Quand il s'agit pour moi de faits importants, j'ai une peur panique d'affronter les autres, leurs plaisanteries...

Elle haussa les épaules avec une mimique navrée :

— Promettez-moi de ne pas venir.

— Peut-être bien.

Il était aussi têtu qu'elle ! Vexée, elle le brava d'un petit air vengeur :

— Savez-vous comment s'appelle votre réponse, en
ançais ?

— Tout à fait, rétorqua-t-il dans un éclat de rire. C'est
ne réponse de Normand.

Il avait aussi le don de la sidérer.

Quand elle retrouva sa chambre, elle évita de regarder
utour d'elle. La moquette, les meubles, tout lui parut
oid, impersonnel, alors que brûlaient encore sur sa peau
s dernières braises d'une flambée inattendue.

Elle frissonna en se glissant dans les draps moites. Puis,
aincue par l'épuisement, elle sombra dans un sommeil de
omb.

Le réveil fut étrange. D'ailleurs, était-elle éveillée ou
aignait-elle encore en plein rêve ? Martine et Nicole,
urexcitées, avaient fait irruption dans sa chambre. Elles
arlaient toutes deux à la fois, se coupant, se reprenant
ans des phrases incohérentes. Leurs rires, leur exubé-
nce intempestive, prenaient un tour presque cauche-
ardesque.

Redressée sur ses oreillers, Armelle se pinça le bras
our s'assurer que la scène était bien réelle.

Des mots, des bribes rebondissaient à la vitesse de
alles de tennis :

— Toujours au lit ! Tu n'as pas honte ! Il est l'heure de
ner !

— Quelle paresseuse ! Réveille-toi, raconte-nous !

— Comment est-il ?

— Petite cachottière !

— Où êtes-vous allés ?

Abasourdie, Armelle finit par comprendre qu'elles
aient au courant de sa fugue. Mais, loin de le lui
procher, elles semblaient égayées de l'aventure !

La dormeuse s'ébroua, perplexe. Dire qu'elle avait
aint d'aborder ce sujet ! Etait-elle devenue si peu
sychologue, ou bien l'air d'Amazonie avait-il complète-
ent métamorphosé Martine ? Elle opta pour cette
conde hypothèse : le comportement de ses amies était
ar trop inhabituel.

— Est-il aussi beau que sur les affiches ?

— Sur les affiches ? répéta Armelle éberluée.

Puis elle éclata de rire. Dans quel quiproquo s'étaier elles fourvoyées ? Sa main s'agita pour obtenir le calm Les événements ne se passaient pas comme elle l'ava prévu, mais elle ne pouvait plus échapper à l'explicatior

— C'est vrai, je suis partie avec un homme... Vous connaissez aussi. Du moins, vous l'avez aperçu. Il m parlé sur le quai de la gare, à Cuzco, quand vous étiez de dans le train...

— Lorenzo da Ciudad ! s'exclama Nicole triomphant C'était lui ! J'étais sûre de l'avoir déjà vu ! Tu te souvier Martine ?

— Oh moi... Je ne suis pas physionomiste.

— En revanche, Jean-Pierre l'est ! Nous avons cherc en vain... Nous n'arrivions pas à mettre un nom sur se visage... Tu te souviens, n'est-ce pas ?

Elle prenait maintenant Armelle à témoin. Celle-ci ava failli s'étrangler. Elle écarquillait de grands yeux stupide Lorenzo da Ciudad ! Avait-il fallu qu'elle fût aveuglée p l'amour pour ne pas le reconnaître !... Et lui s'était bi gardé de décliner son identité. Pour quelle raison s'inquiéta-t-elle.

Ses lèvres incrédules murmuraient : « da Ciudad », elle en ressentait un immense vide. Lorenzo avait te trois mois l'affiche au théâtre des Champs-Elysées, juste côté de sa boutique. Elle avait vu son nom et ses phot pendant des semaines et des semaines, dans le métro, s les panneaux d'affichage, sur les murs des immeuble Elle avait même tenté d'obtenir des places pour assiste ses concerts, mais les billets étaient retenus si longtemp l'avance qu'elle avait fini par renoncer. Lorenzo Ciudad, le célèbre guitariste qui faisait couler tant d'enc de la plume élogieuse des critiques... elle l'avait rencont en blue-jean, assis dans la poussière ! C'était aberrai

— Comment l'avez-vous appris ? questionna-t-elle so geuse.

— Tout le personnel de l'hôtel est au courant.

— Le réceptionniste en est tout retourné, railla Martine. Il n'a jamais vu une célébrité de si près... Remarque, es révélations m'ont rassurée sur ton sort : j'ai toujours raint que tu ne disparaisses dans un village indien et u'on te retrouve, dans dix ans, en train de corder du hanvre !

Armelle se rembrunit. Inconsciemment, elle cherchait epuis deux minutes une excuse pour les mettre à la orte :

— Ce n'est pas drôle ! Et d'abord, votre façon d'invesir ma chambre me déplaît.

— Que crois-tu, se piqua Nicole. Nous nous sommes 'abord assurées auprès du groom que tu étais bien nontée te coucher seule.

— Nous avons frappé, mais tu n'as pas répondu, enchérit Martine goguenarde.

Faisant effort pour ne pas laisser exploser son désarroi, lle détourna la conversation :

— Vous êtes décevantes. Vous venez de voir des aysages fabuleux et vous ne vous occupez que de ragots. 'amazonie ne vous a pas plu ?

— Une merveille ! s'enthousiasma aussitôt Nicole. Les aux rougeâtres du rio Marañón qui serpentent, lascives, ntre deux murailles de verdure... Nous avons souvent egretté ton absence. Car, bientôt, il sera trop tard pour dmirer ce spectacle !

— Tu plaisantes ? La forêt amazonienne a encore de eaux siècles devant elle !

— Rien n'est moins certain. Elle a eu la mauvaise idée e couver du pétrole sous ses racines. Les marais sont ecouverts de plates-formes, la jungle est déboisée pour ccueillir un pipe-line de trois cents kilomètres...

— Bref, la fièvre de l'or noir a déjà entamé son œuvre !

Armelle les écoutait d'une oreille distraite. Le menonge par omission de Lorenzo la contrariait. Chez ertains hommes, les blessures d'amour-propre prennent arfois des proportions inattendues. Vexé de n'être pas

reconnu, il avait pu monter un vilain canular, p:
vengeance.

A tête reposée, elle aurait facilement trouvé les arg
ments contraires. La présence encombrante de ses ami
la perturbait, et elle s'enferra dans ses craintes. D'ailleur
de désagréables pressentiments avaient toujours som
meillé en elle.

Non ! Lorenzo da Ciudad ne pouvait pas décider, si
un coup de tête, de partager sa vie avec une femme qi
n'était pas musicienne, à peine mélomane...

La seconde de silence qui s'était établie fut suffisan
pour propager son anxiété.

Elle se leva. Ses longs cheveux blonds déferlèrent dar
son dos :

— Que faites-vous, ce soir ?

— Repos ! annonça Nicole en bâillant. Nous somm
tous éreintés.

— Je suppose que toi, tu sors ? railla Martine.

— Inutile d'élaborer des romans à propos de rie
J'avais prévu...

La sonnerie du téléphone la fit sursauter. Son pou
s'accéléra. C'est en rougissant qu'elle acheva la phra:
commencée :

— ... de dîner avec vous.

Martine et Nicole échangèrent un coup d'œil (
connivence qui la mit hors d'elle.

— Allô ? jeta-t-elle avec brusquerie...

La déception la rendit plus boudeuse encore :

— Ah, c'est Jean-Pierre ?... Je te passe Martine...

— Nous pouvons parler un peu, non ? protesta-t-i
D'abord, félicitations pour ta conquête.

— Toi aussi ? Tu te dévalorises, je croyais que t
laissais les commérages aux femmes.

— Te voilà bien susceptible ! La perspective d'épous
une vedette ne t'aurait pas tourné la tête, par hasard

Elle suffoqua :

— Quoi ? !... Oh, tiens !

Rageuse, elle déposa le récepteur entre les mains (

Martine et courut vers la salle de bains. Elle s'y enferma à double tour et ouvrit immédiatement les robinets à fond pour couvrir le bruit des voix qui lui parvenaient de la chambre.

Elle testa du bout du pied la température de l'eau, moins que tiède, et s'engagea sous la douche avec une grimace. Puis elle se frictionna avec ardeur, d'abord soucieuse de ne pas se mouiller les cheveux, mais finalement en profita pour se laver aussi la tête.

C'est sous un casque de mousse que l'idée lui retraversa l'esprit : « Epouser une vedette... » Où donc Jean-Pierre avait-il été chercher cela ? Il n'avait pas pour habitude d'échafauder de tels plans. Au contraire, il avait plutôt tendance à reléguer les sentiments des autres dans la banalité des amourettes passagères. Il était étrange que le mot mariage fût né spontanément sur ses lèvres.

Elle se rinça abondamment, décidée à ne pas élucider ce mystère... Hélas, dès qu'elle eut fermé les robinets, les voix de Martine et de Nicole, de l'autre côté de la porte, recommencèrent à lui percer les tympans :

— Ainsi, tu ne sors pas, ce soir ? Ce qui ne t'empêche pas de te pomponner ! Comment t'habilleras-tu ?

Devant le miroir, Armelle leva les yeux au ciel. Quand allaient-elles cesser leurs minauderies ?

— Je ne sors pas, je me recouche ! cria-t-elle.

Martine éclata de rire :

— Inutile de nous mentir, nous sommes invitées aussi.

Les sourcils froncés, elle tourna le verrou et apparut dans l'embrasure, une serviette blanche enserrant fortement ses cheveux trempés :

— Où êtes-vous invitées ?

— Chez Lorenzo, ma chère, rétorqua Martine en arborant un sourire hautain. Il venait te chercher quand Jean-Pierre et Marc l'ont reconnu dans le hall. Je ne sais pas comment ils se sont débrouillés, mais ils en ont appris beaucoup plus que nous.

— Il paraît que da Ciudad t'a demandée en mariage ?

C'est une folie, intervint Nicole, très sérieusement. Réfléchis mieux avant de t'engager…

Une folie ! Oui, c'en était une ! Dès que Lorenzo
réapparaissait sur son chemin, toutes les valeurs raisonna-
bles perdaient leur sens. Il bousculait les traditions
brûlait les étapes… Il brûlait, brûlait tout. Il était le soleil
le Fils du Soleil : un Inca !

CHAPITRE V

A ce moment précis, de l'autre côté du globe, le jour se levait sur Paris, limpide, soulevant une brise estivale qui ridait les eaux calmes de la Seine. C'était l'heure où Liliane, infirmière à l'Hôtel-Dieu, allait prendre son service. L'été éclatait partout, dans les feuilles vertes des marronniers, les robes légères des femmes, les ébats joyeux des chiens sortis pour leur promenade matinale.

Absorbée dans ses soucis, les épaules un peu voûtées, Liliane marchait en ne regardant que le macadam.

Arrivée à l'hôpital, elle composa sa fiche de pointage mais oublia de saluer le portier, qui en resta coi. Elle était pourtant bien aimable, d'habitude, cette petite infirmière-là !

Au vestiaire, elle croisa sa collègue qui terminait le service de nuit :

— Comment va Edith ?

— Elle a encore eu un malaise. Elle est de plus en plus affaiblie. Quand je pars, j'ai toujours peur de ne pas la retrouver le soir...

Une voix, dans leur dos, claqua comme un fouet :

— Vous êtes un peu émotive, pour faire ce métier, il me semble !

Toutes deux se retournèrent, figées. La surveillante, une femme brune aux traits austères, venait de s'arrêter à leur hauteur, dans le couloir :

— Mlle Jourdain a encore plusieurs semaines à vivre, précisa-t-elle en chargeant le « Mademoiselle » d'un dégoût irrépressible. Et, croyez-moi, il sera plus difficile pour vous de la soigner que de l'enterrer.

Cette femme était un monstre d'inhumanité. Peut-être parce qu'elle n'avait pas eu d'enfant, elle déversait toute sa hargne sur Edith Jourdain, mère célibataire. Quelle satisfaction sordide retirait-elle de son mépris, quand la malade serait morte ? Il ne resterait alors qu'une pauvre gosse, orpheline, que l'Assistance publique s'accaparait déjà comme un bien d'Etat.

Ecœurée, Liliane passa signer les registres de présence et se rendit directement à la chambre 112.

Edith ne dormait pas. Relevée sur ses oreillers, elle avait la peau détendue, sur ses joues creuses. Ses cernes grisâtres s'élargissaient de jour en jour. La fièvre brillait dans ses yeux de jade qui s'illuminèrent à l'entrée de l'infirmière :

— Alors ? questionna-t-elle, impatiente. As-tu obtenu gain de cause ?

Si l'espoir ne l'avait pas aveuglée, elle aurait immédiatement compris, à l'expression désolée de son amie, qu'elle revenait vaincue. Mais celle-ci fut obligée de secouer lentement la tête en signe de dénégation :

— Sous toutes ses faces, ma situation présente un obstacle : j'ai vingt-trois ans ; je ne suis mariée que depuis deux ans ; je suis normalement constituée, c'est-à-dire que je peux avoir des enfants... L'administration est intraitable.

— Tu ne peux donc pas adopter Maria ?

La malade savait sa question inutile. Elle la formulait seulement pour mieux pénétrer ce qu'impliquait cet échec.

Maria était une jolie poupée brune, au teint basané. Elle venait d'avoir sept ans. Elle était affectueuse, et très gaie, très éveillée, comme le sont souvent les enfants sans foyer fixe, obligés de s'adapter très tôt aux situations changeantes.

— Je m'y attendais un peu, reprit-elle avec un pâle sourire. Mais elle est tellement mignonne, et il y a tant de mères sans enfants...

Liliane devait lui apprendre le pire : lui dire que Maria ne serait jamais adoptée. Elle n'en eut pas le courage. Et pourtant, elle devait le faire dans les quelques heures à venir.

Elle enchaîna, très vite :

— Ecoute... J'ai obtenu le droit de visite. J'ai eu la chance de rencontrer une religieuse assez compréhensive, qui ne craint pas d'enfreindre un peu les règlements.

— Il ne fallait pas te donner cette peine... Bien sûr, j'ai envie de voir ma fille, tu es gentille d'y avoir pensé... Mais je ne veux pas lui infliger le spectacle d'une grabataire. Et puis, pour elle, mieux vaudrait qu'elle m'oublie tout à fait.

— Tu sais, si je n'avais pas travaillé, on aurait pu m'en confier la garde...

— Laisse, veux-tu. Des nourrices, elle en a assez connu.

Liliane se mordit la lèvre, anxieuse de commettre un impair à chaque mot. Toutes les consolations qu'elle essayait de prodiguer s'avéraient négatives. Edith la troublait, tant elle était admirable de courage et de résignation. C'était une femme qui n'avait pas un instant gémi sur son propre sort, dont les désirs n'étaient dictés que par l'amour maternel, un amour vrai, sans une once d'égoïsme.

L'abnégation qu'on lui reconnaissait aujourd'hui, elle l'avait toujours eue. Elle s'était privée de tout pour que Maria ne manquât de rien. Elle s'était arrangée pour que l'enfant ne souffrît jamais des aléas financiers, des déceptions sentimentales et parfois de la déchéance. Elle l'avait placée en nourrice, mais avait toujours espéré la reprendre auprès d'elle un jour, plus tard. Trop tard.

— Heureusement, dans un certain sens, murmura-t-elle, suivant le cours de ses pensées. Maria n'a pas eu le temps de s'attacher à moi, elle a eu beaucoup de mères et

pas tellement la sienne... Elle n'en aimera que plus
facilement ceux qui la recueilleront... Qu'as-tu ?

Liliane s'était décomposée. Elle alla jusqu'à la fenêtre.
Elle observa un moment le va-et-vient des ambulances,
dans la cour :

— Rien... Je n'ai rien... Je me demande si...

Elle se retourna tout d'une pièce et vint s'asseoir au
chevet du lit. Elle prit entre les siennes la main décharnée
qui gisait sur les couvertures :

— Edith... Un jour, tu m'avais parlé d'une autre
possibilité, d'une autre démarche à entreprendre, qui
pourrait soustraire ta fille à l'orphelinat.

Edith fronça les sourcils et ses immenses yeux s'emplirent de désarroi :

— Non. Je rêvais, c'est impossible. Ce serait courir au-
devant d'un échec qui me ferait trop de mal... J'ai peur de
souffrir. Je préfère espérer qu'on l'adopte.

Liliane la sentit terriblement agitée. Elle tenta de
reprendre d'un ton enjoué :

— Tu vas avoir la visite d'une assistante sociale, cet
après-midi. J'ai discuté longuement, hier, avec elle. Sais-
tu que l'intelligence de Maria a été remarquée ?

— Oh, cela ne m'étonne pas !

Dès qu'on la complimentait sur sa fille, son visage
s'irradiait. Liliane redoutait par avance le choc qu'elle
allait lui causer. Elle aurait préféré remettre cette discussion à plus tard, l'aborder par bribes. Elle n'avait pas le
temps. Si elle ne lui apprenait pas la vérité ce matin,
l'assistante sociale le ferait tout à l'heure avec moins de
ménagements.

— Même en restant à l'Assistance, Maria pourrait faire
des études. On ne met plus les enfants à travailler, comme
autrefois, sans s'occuper de leurs possibilités...

La révolte éclata, plus sourde mais plus violente que
Liliane ne l'aurait cru :

— J'en sors, moi, de l'Assistance ! Et je n'ai vécu
qu'une suite de chutes dont il était de plus en plus difficile
de se relever. Si je n'avais pas eu d'enfant, j'aurais accepté

la mort de gaieté de cœur ! J'ai souvent souhaité en finir, crois-moi... A dix-sept ans, j'ai tenté de me suicider. A vingt ans, j'ai récidivé. Et, chaque fois, je me réveillais à l'hôpital, abasourdie et désespérée d'être encore de ce triste monde. Les hôpitaux se ressemblent tous, je les ai trop fréquentés, à Paris, à Caracas... à Lima, pour la naissance de Maria... Je ne veux pas qu'elle suive ce chemin !

Liliane passa une main apaisante sur son front brûlant :

— Calme-toi... Nous tenterons l'impossible pour éviter tous ces tourments à ta fille.

Elle caressa doucement ses pauvres cheveux, coupés courts, qui commençaient à se ternir et se raréfier. Tout le service hospitalier se rappelait avec compassion la sublime chevelure d'or vénitien qui déferlait sur ses épaules lors de son admission.

— Détends-toi... Maria sera heureuse... Je suis sûre qu'elle sera heureuse, comme elle le mérite... Et tous tes sacrifices seront récompensés...

Malgré ses intonations affectueuses, sa voix se cherchait. Dans un éclair de lucidité, Edith y décela le mensonge. Ses doigts se crispèrent dans les paumes de l'infirmière. Elle raidit son corps, se souleva à demi de ses oreillers et planta ses yeux étranges, inquisiteurs, dans ceux de Liliane, qui ne pouvait plus se dérober :

— Tu me caches quelque chose. Tu as eu d'autres nouvelles... Que t'a dit cette assistante sociale ? Que vient-elle faire ici ?

— Je ne te cache rien. Tu sais comme moi que l'administration est une drôle de petite pieuvre. Quand on croit échapper à un de ses tentacules, c'est un autre qui vous happe et qui vous broie. Il te reste un espoir de sauver Maria. Même si tu crois échouer, il faut le tenter. Ecris à son père... Que risques-tu à essayer ?

Edith avala sa salive. Ses maxillaires oscillaient à fleur de peau. Ses joues n'avaient plus de muscles. Comment faisait-elle, pour être encore si belle ?

Elle ferma les yeux et resta immobile, momifiée. Un

grand froid lui parcourut l'échine. Elle imagina l'air détaché, le sourire à demi dégoûté du père de Maria lisant sa lettre, si jamais il la lisait. Avec effroi, elle eut la vision d'une enveloppe même pas décachetée, froissée dans la corbeille à papiers...

— Qu'as-tu appris ? s'enquit-elle, apparemment calme.

— Tout est compressé dans des limites : pour les parents adoptifs, une limite d'âge à atteindre ; pour les enfants adoptés, une limite d'âge à ne pas dépasser. Je n'entre pas encore dans la première catégorie, et Maria n'entre déjà plus dans la seconde. Voilà ce que l'assistante sociale doit venir t'expliquer tout à l'heure...

Elle se tut. Edith gardait les yeux fermés, sur des scènes parfois redoutables, parfois ravissantes, qui traversaient son esprit. A l'hacienda, les fils et les filles da Ciudad étaient peut-être mariés ; alors leurs enfants jouaient, sur le sable, dans le patio fleuri inondé de soleil... Et si, par miracle, ils acceptaient Maria comme l'une des leurs ?... Mais Lorenzo, lui, l'avait reniée. Il l'avait chassée, avec son gros ventre qu'il trouvait hideux... Ce n'était pas sept ans après qu'il reconnaîtrait son enfant !

— En sept ans, un homme peut changer, reprit Liliane dont les pensées suivaient exactement le même cours.

— J'en doute. Maria n'est sûrement pas sa seule enfant illégitime. Quand il m'a délaissée, il avait déjà une autre blonde entre les bras... Comme il en avait eu d'autres avant moi.

— Espère, malgré tout. J'ai du mal à concevoir qu'un homme puisse rester insensible à ta détresse, même s'il n'est qu'un séducteur... Ou alors, il serait monstrueux.

— Il l'est. Je n'ai jamais eu l'occasion, ni avant ni après lui, de rencontrer tant de cynisme. Son rôle était programmé avec une rigueur déconcertante. Il l'avait tant de fois répété, que les accents de la sincérité lui venaient naturellement... Une cour discrète, puis la promesse de mariage... jusqu'à faire préparer les papiers, te rends-tu compte ?

Liliane hocha la tête :

— Et, quand il avait obtenu ce qu'il désirait, il abandonnait lâchement la fille ?

— Oh, pas tout de suite. Il faisait mine de vouloir régulariser la situation, mais les formalités se mettaient à traîner, il manquait toujours une attestation, un certificat... Je te le dis, tout était calculé, minuté. Il prenait alors prétexte à des colères, devenait susceptible. Bientôt, il t'avait convaincue que la vie à ses côtés serait un martyre.

— Alors, tu es partie de ton propre gré ?

— Oh non ! J'aurais supporté le martyre pour que mon enfant porte le nom de son père, pour qu'il ait une famille et une vie différente de la mienne. J'étais tenace. Plus Lorenzo devenait dur, plus je devenais aimante... Un soir, je rentrais, je revenais de faire des courses, c'est une jeune fille blonde qui m'a ouvert la porte. Elle paraissait à peine sortie de l'adolescence. Elle m'a reçu comme une pestiférée et m'a jeté mes affaires au visage. Je ne voulais pas y croire. J'attendais Lorenzo. J'ai dormi cette nuit-là devant le porche...

Elle entrecoupait son récit de ricanements amers :

— M. da Ciudad était un homme influent. Il n'a pas envoyé la *guardia civil* comme il l'aurait fait pour ramasser une vulgaire vagabonde. C'est un bureaucrate du consulat de France qui est venu me raisonner... et m'expatrier avec mon bébé qui était né entre-temps... Crois-tu que cet homme-là reprendrait Maria, maintenant, et l'élèverait comme sa propre fille ?

Liliane soupira. En effet, la requête d'Edith risquait fort de rester sans réponse. Mais elle devait lui laisser miroiter un espoir. Un semblant de joie, même mensongère, allégerait les souffrances physiques de ses derniers jours.

— On ne peut jamais prévoir à quel moment un homme se convertit. Il est peut-être aujourd'hui très différent de celui que tu as connu. S'il cherche à racheter

ses fautes, il verra dans Maria un signe du destin, et la
rendra d'autant plus heureuse.

— Oh, le destin !

Et Edith balaya la formule d'un geste de dérision :

— Les Péruviens n'ont que ce mot à la bouche... Le
destin pourrait faire aussi qu'il soit tombé un jour sur une
fille moins naïve, une de celles qui savent se faire
épouser...

— Tu ne risques qu'un refus, insista l'infirmière.

— N'essaye plus de me convaincre. Ma décision est
prise. J'écrirai. Je n'aimerai pas mourir avec ce remords
sur la conscience. Veux-tu m'aider à rédiger la lettre ?

Liliane sourit :

— Je croyais être venue très à l'avance, mais l'heure à
laquelle je prends mon service va sonner. Je dois te
quitter, maintenant. Quelques pilules et quelques ther-
momètres à distribuer : je ne suis pas débordée. Si aucune
urgence ne se présente, dans moins d'une heure, je serai
là. D'accord ?

Edith acquiesça d'un battement de paupières. Elle était
terriblement lasse. Elle avait l'impression que la leucémie
était un immense ver, qui se répandait dans ses moindres
vaisseaux pour la vider de ses forces.

Il fallait se dépêcher, maintenant.

CHAPITRE VI

— ATTENTION, ton vernis n'est pas sec !

— Cesse de bouger la tête, je n'arrive pas à enfoncer les épingles !

Ce soir-là, Martine et Nicole durent s'armer de patience pour contraindre Armelle à la docilité. Leurs réprimandes étaient entrecoupées d'éclats de rire contagieux.

— Puis-je regarder ?

— Attends que j'aie terminé.

Nicole était en train de lui composer un chignon sophistiqué, tout en boucles qui descendaient sur la nuque.

— Quelle robe veux-tu mettre ? Celle que tu portais au Club d'Ancon ?

— Non, surtout pas !... J'ai envie de couleurs vives.

Elle ne leur avait toujours pas avoué qu'elle avait revu Lorenzo, au Club, la veille de leur départ pour l'Amazonie. Bien qu'elle se sentît plus expansive et volubile qu'à l'habitude, elle préférait garder secrets les détails de sa merveilleuse aventure.

Elle choisit une robe semi-habillée, froufroutante, en simple crêpe de coton bariolé tissé çà et là de fils d'or.

— Et vous, comment vous habillerez-vous ?

— Si nous avons le temps de nous habiller ! répliqua Martine en riant.

— Marc doit fulminer. Lui qui craint toujours d'être en retard.

— A quelle heure Lorenzo passe-t-il nous prendre ?

— A neuf heures. Mais tu descendras le rejoindre la première... Si j'ai bien compris, vous avez un petit compte à régler sans témoins, tous les deux ? fit Nicole avec une œillade complice.

Armelle éluda la question d'un lent mouvement d'épaules. Elle voulait paraître moins troublée qu'elle ne l'était. Dans quelques instants, elle devrait affronter une nouvelle personnalité de Lorenzo. Elle n'aurait plus en face d'elle l'Indien arrogant qui l'avait accostée la première fois, ni l'honorable sociétaire du Club privé d'Ancon, ni l'amoureux chevaleresque avec lequel elle venait de faire une fugue. Ce soir, il serait Lorenzo da Ciudad, le célèbre guitariste... qu'elle n'avait pas reconnu !

S'amuserait-il toujours à jouer l'homme aux multiples facettes ? Quelles surprises lui réservait encore l'avenir ?

— Lorenzo est un homme tellement différent des autres, murmura-t-elle.

— Incontestablement différent des autres Péruviens, admit Nicole. J'en connais peu qui, d'emblée, auraient confié leurs projets matrimoniaux à des étrangers.

— Tu veux parler de Jean-Pierre et Marc ? Mais ce ne sont pas des étrangers, ce sont mes amis !

Ayant prononcé cela, elle s'étonna elle-même de l'évidence avec laquelle elle acceptait son bonheur. Puisque Lorenzo l'aimait, pourquoi se serait-il caché de vouloir l'épouser ? Sa hâte à en informer l'entourage témoignait de sa bonne foi mieux que tous les serments.

— En tout cas, il doit être follement épris de toi, conclut Martine.

— S'il pouvait l'être autant que je le suis de lui...

Elle se cambra, la tête légèrement rejetée en arrière pour suivre les gestes de Nicole qui agrafait sur sa taille la large ceinture du corsage :

— Il a prouvé la sincérité de ses sentiments à ton égard, non ?

— Je n'arrive toujours pas à y croire, fit-elle, soudain
prise par ses appréhensions. Déjà, quand je ne savais
as qui il était, son engouement me paraissait fou...
Maintenant, j'en suis encore plus effrayée.

— Grands dieux ! railla Martine. Il est pourtant des-
endu de son piédestal pour venir vers toi !

Le visage d'Armelle était devenu grave. Ses yeux
agrandirent dans l'effort qu'elle faisait pour recouvrer sa
cidité :

— Ce qui m'effraie, justement, c'est la facilité avec
quelle il m'a séduite... A son passage à Paris, je me
ouviens l'avoir vu à la télévision, entouré de femmes qui
aient d'admiration devant lui... Sa photo est parue dans
lusieurs hebdomadaires féminins, il s'y trouvait toujours
n galante compagnie... Et puis, toutes les vendeuses,
us les mannequins de l'avenue Montaigne s'étaient
tichées de lui !

Martine l'arrêta, les bras au ciel, dodelinant exagéré-
ent sa tête ronde, telle une marionnette désarticulée :

— C'est un homme adulé, sollicité par des milliers de
mmes de toutes les nationalités, et c'est toi qu'il a
oisie pour épouse !... Allons, ne nie pas que tu en es
attée !

— Je le devrais ? Eh bien non, cela me fait plutôt peur.

Elle était sincère. Pourtant, elle n'en laissa rien paraître
uand elle descendit, une demi-heure plus tard, rejoindre
orenzo au salon. Grande, souple dans les volants de
êpe qui bruissaient à chacun de ses pas, elle s'avança
rs lui avec une grâce hautaine qui dissimulait parfaite-
ent son émoi.

Comment allait-elle l'aborder ? Devait-elle sans préam-
ule lui reprocher d'avoir passé son identité sous silence ?
evait-elle se fondre tendrement dans ses bras, comme
le en mourait d'envie ? Les explications s'avéreraient
eut-être inutiles...

Elle décida de le laisser parler le premier.

Lorenzo reposa sur la table basse la revue qu'il
uilletait distraitement, et se leva du canapé. Ses yeux

brillèrent d'une satisfaction narquoise — des yeux d'u
brun ardent, pailletés d'or, auxquels nul ne pouvai
résister. Armelle les sentit glisser sur ses épaules nue
enrober sa taille fine, deviner ses hanches dans l'ampleu
de la jupe. Cet examen indéc nt la fit rougir. Elle souhait
qu'il n'en aperçût rien sous son maquillage.

— Quelle apparition ! Vous êtes éblouissante !

— Je le sais, répliqua-t-elle effrontément, sensible à l
caresse voluptueuse des boucles qui lui chatouillaient l
nuque.

Il se retint de rire et, sans la lâcher des yeux, prit s
main qu'il porta longuement à ses lèvres :

— Dois-je en déduire que je suis pardonné ?

— De quoi ? l'obligea-t-elle à préciser d'un ton badir

— D'être venu prendre un verre ici malgré votr
interdiction.

Il se dérobait mais, à son air amusé, elle comprit qu'
instaurait un jeu, une sorte de rapport de forces terrible
ment excitant. Elle s'assit à l'autre bout du canapé ; s
jupe s'étala en corolle autour de ses jambes croisées. El
esquissa une moue :

— N'avez-vous que des péchés véniels sur l
conscience ?

— Que me reprochez-vous d'autre ?

— Un mensonge, par exemple, Monsieur da Ciudad

Il avait prévu qu'elle céderait la première. Il n'avait pa
besoin de la toucher pour sentir sa poitrine palpiter sou
son corsage : son trouble trahissait son impatience d'e
finir avec les malentendus autant que le désir qu'elle ava
de lui.

Il décida d'en tirer avantage pendant quelques répli
ques :

— Je ne vous ai pas trompée sur mon identité
simplement je ne vous l'ai pas dévoilée.

— Cela s'appelle un mensonge par omission, informa
t-elle en tapotant le dallage du bout de sa sandale. C'est u
manque de franchise ! Vous auriez dû me dire...

— Je m'en gardais bien !

l exultait. Il franchit dans un éclat de rire la distance
 les séparait. Du même mouvement agile, il faufila un
s derrière ses épaules, sur le dossier du siège, et se
cha vers elle, très proche. Elle s'enfonça dans le cuir,
ne tentative de battre en retraite. Alors, oubliant tout
qui l'entourait, elle ferma les yeux et lui offrit ses
res.

— Armelle, ma chérie... M'aimez-vous davantage ?
urra-t-il à son oreille.

— Plutôt moins... Je rêvais auprès de vous d'une
stence paisible dans une exploitation cotonnière.

— Je m'en doutais... Et vous ne savez pas le plaisir que
 procuré cet anonymat.

Elle le repoussa doucement quand un groupe de
ristes vint s'attabler dans l'angle opposé du salon :

— Si j'avais feint de ne pas vous reconnaître ?

— Vantardise ! Vous êtes incapable de duplicité.

— Vous en êtes capable pour deux, lui reprocha-t-elle
s arriver à se fâcher.

— Seulement quand mon bonheur est en jeu. Les
mes qui gravitent habituellement autour de moi ne
t que de piètres ambitieuses, qui se contenteraient de
re dans l'ombre d'un artiste.

— Parlons-en, de ces femmes, railla-t-elle.

— N'en parlons pas. Elles ne m'ont jamais ému. Seule
erspective de la gloire décuple leur ardeur... Je vous ai
tie immédiatement différente. L'élan qui vous a pro-
 vers moi n'avait rien de calculateur, puisque vous ne
viez pas reconnu.

Armelle frissonna de plaisir. D'un mot, il venait
vincer toutes ses admiratrices, et balayer du même
p sa jalousie naissante. De se savoir tellement aimée lui
perdre la tête. Elle osa se moquer :

— Franchement, votre orgueil n'en a-t-il pas souffert ?

l rit de bon cœur :

— Au contraire, il en a été deux fois comblé : j'étais
suadé que le guitariste da Ciudad ne vous était pas

inconnu mais que, subjuguée par mon charme, v
n'aviez pas fait le rapprochement !

— Quelle fatuité ! lança-t-elle en se laissant attirer d
ses bras. Je suis stupéfaite que votre secret m'ait été
bien gardé alors qu'il a été dévoilé à mes amis dans
cinq premières minutes de leur retour à Lima !

— C'est pourquoi je ne voulais pas rester dans
capitale. Souvenez-vous comme j'ai insisté pour v
emmener à Cuzco. Là-bas, je ne risquais rien, les Quec
n'ont pas le culte du vedettariat... Mais ici ! J'ai mê
tremblé que le groom ne commît une indiscrétion le ten
de vous accompagner pour prendre vos bagages.

Elle fronça les sourcils, cherchant à reconstituer
scène :

— Il ne m'a pas accompagnée, corrigea-t-elle.

— Parce que je l'en ai empêché. Vous en êtes res
sidérée, d'ailleurs, mais vous ne m'avez adressé auc
reproche. Etes-vous toujours aussi docile ?

Elle s'abandonna tout à fait contre les muscles cha
de sa poitrine, laissa glisser sa tête bouclée dans le cr
de son épaule, mais lui rappela d'un ton suave :

— Je vous ai déjà prouvé que non.

Il déposa un baiser furtif sur l'aile du nez qu'
pointait vers lui avec un sourire espiègle.

— Tu vas me rendre fou, souffla-t-il, la voix soud
rauque. Jamais je n'ai découvert ton corps aussi préci
ment qu'à travers les plis trop abondants de cette ro
Combien de temps crois-tu pouvoir me résister ?

Elle se raidit, se détacha de lui précipitamment, com
s'il la brûlait. Mais c'était le feu de son propre sang
montait à ses joues :

— Vous ne vous exprimez pas comme quelqu'un
s'apprête à me présenter à son père.

— Mon père est décédé l'année dernière, fit-il, auss
rembruni. Ne vous l'ai-je pas dit ?

Elle en ressentit une gêne extrême, que l'intonat
agacée de Lorenzo amplifia.

— Non... Vous ne me l'aviez pas dit... Je suis
solée...

Il était devenu de marbre. Ses paupières mates plissées
r des prunelles assombries, il luttait contre un senti-
nt qu'Armelle ne put définir : la douleur ? la haine ?
s traits s'étaient terriblement altérés. Elle n'avait remar-
é qu'une seule fois ce pli amer qui entrouvrait ses
res, c'était dans le parc du Club d'Ancon, quand il
dressait à Irène.

— Excusez ma maladresse, supplia-t-elle en posant la
in sur son poing crispé.

Son visage retrouva aussitôt son ardente beauté :

— Allons, n'y pensons plus ! lança-t-il en lui prenant le
nton entre le pouce et l'index.

Mais, avec un sourire nuancé de cynisme, il ajouta :

— Je ne vous l'aurais sûrement pas présenté, de toute
on.

L'ambiguïté de ces mots la confondit. Jean-Pierre et
artine entrèrent à ce moment dans le salon, suivis de
arc et Nicole.

Lorenzo se leva. Armelle fit semblant d'être gaie. Elle
l'était plus.

Dans la spacieuse Limousine qui les emmenait vers la
nlieue résidentielle de San Isidro, la conversation
irna rapidement autour des problèmes politiques du
rou, puis de l'Amérique latine en général. Martine et
cole écoutèrent sans intervenir ; Armelle, le cœur au
rd des lèvres, finit par s'en désintéresser complètement.

Les dernières paroles de Lorenzo s'agitaient dans sa
e. Quelles conclusions y avait-il à en tirer ? Si seulement
e avait eu le temps de l'interroger, de le mettre en
nfiance... Il ne devait pas volontiers s'épancher sur ce
apitre. A Cuzco, il lui avait conté en quelques mots son
fance :

— Ma mère était une Indienne quecha, elle travaillait à
acienda de mes grands-parents, comme simple ser-
nte. Je crois savoir que mon père s'est épris d'elle quand
n'était qu'un adolescent.

— Et il a bravé sa famille pour l'épouser ? C'
magnifique !

Il l'avait regardée avec une expression incrédule,
peu farouche :

— Ma mère est morte en me mettant au monde. M
père a épousé une créole de son rang, une brave femm
qui m'a élevé avec ses propres enfants, sans discrimir
tion, comme si j'en étais l'aîné. Je n'ai appris la vérité s
ma naissance que trente-six ans plus tard.

Elle était restée bouche bée devant l'énormité
chiffre. Il avait beaucoup ri de son effarement :

— C'était l'année dernière, avait-il précisé pour
rassurer. Les circonstances m'ont obligé à remuer c
papiers, des actes d'état civil dont je m'étais peu préc
cupé jusqu'alors... J'ai toujours éprouvé une aversi
viscérale pour tout ce qui émane de l'administration
Tenez, si je vous disais que je suis incapable de fa
renouveler mon passeport ! C'est le directeur artistique
ma maison de disques qui s'en charge...

Par une habile pirouette, il avait détourné son prop
Dans l'euphorie de l'instant, Armelle n'avait pas app
fondi le sens de son aveu.

Une vague inquiétude vint ternir ses yeux clairs. Auc
des passagers de la Limousine ne s'en aperçut, car e
avait insisté pour s'asseoir du côté de la portière
regardait défiler, à travers la vitre, les somptueu
demeures, les manoirs entourés de parcs ou à de
dissimulés dans de véritables forêts de bambous.

Lorenzo ne reculerait-il pas devant les démarch
nécessaires à leur mariage ? S'il devait s'en remettre à e
pour les actes, la publication, mieux valait que la cérém
nie eut lieu en France.

Cher artiste, qui répugnait à s'adapter aux contingeno
de la vie quotidienne ! Pouvait-elle lui en faire gr
quand, justement, il n'hésitait pas, par amour pour elle
surmonter sa phobie ? Par chance, elle-même ne manqu
pas de sens pratique. Ils se complèteraient parfaiteme

San Isidro baignait dans une atmosphère de luxe et de
anquillité propice au bonheur.

Elle secoua la tête. Le frisson délicieux de ses boucles
ur sa nuque lui rappela qu'elle était, ce soir, particulière-
ent resplendissante.

« Que mon humeur est changeante ! se tança-t-elle. Je
asse sans cesse de la mélancolie à l'exaltation. Au fond, je
-ains de ne vivre qu'un rêve et de me réveiller, un
orrible matin... »

Dans le rétroviseur, Lorenzo ne la quittait pas des
eux. Cette observation insistante capta son attention. Ils
changèrent un regard enflammé. Du bout des lèvres, il
ui envoya un baiser d'une sensualité désespérante :

— Nous arrivons, ma chérie, annonça-t-il comme s'ils
aient seuls.

Pour quelques mots banals, simplement intimes, elle
brait aux intonations musicales et prenantes de sa voix.

Le parc était entouré de hautes grilles en fer forgé dont
portail était fermé. Sur un coup de klaxon impératif, un
omme se précipita pour les ouvrir.

— Nos maisons sont de véritables forteresses, com-
enta Lorenzo en écartant les mains sur le volant. Grilles
ix fenêtres, verrous aux portes, nous brûlons d'emboîter
pas à la libre Amérique, mais nous restons nos propres
risonniers !

La demeure surgit, imprévue, au détour de l'allée.
artine étouffa un cri de surprise. Armelle, perplexe, se
emanda s'il fallait s'extasier ou s'indigner.

C'était un hôtel particulier d'une extravagance à la
mite du mauvais goût. Et pourtant, ses toitures à
fférents niveaux, ses balcons trop tarabiscotés, l'amal-
ame insolite de la brique, de la pierre, du bois, de la
ïence peinte et des tuiles de couleurs différentes aux
essins géométriques, lui donnaient un charme incompa-
ible.

Les invités allaient faire part de leur émerveillement
uand une autre apparition les saisit.

Irène, qui avait guetté le crissement des pneus sur le

gravier, venait les accueillir. Elle était entièrement vêtu
de foulards chatoyants, d'une excentricité assortie a
décor. Ses longs cheveux très lisses, d'un blond presqu
cendré, tombaient librement jusqu'au milieu de son d
nu, sans parvenir à lui donner l'expression virginal
recherchée. Cette coiffure contrastait trop avec ses lèvr
charnues, rehaussées de carmin, et sa poitrine volu
tueuse que ses poses avantageaient. Ses yeux, indéchiffra
bles, passèrent sur Armelle sans la voir.

Tous en restèrent cois. Martine tiqua, jeta un cou
d'œil inquiet vers Nicole qui, d'un froncement de sou
cils, l'enjoignit à dissimuler poliment sa surprise.

La gorge d'Armelle s'assécha. Elle ressentit un br
pincement au cœur, immédiatement dissipé car Lorenz
enveloppa ses épaules d'un bras tendre et rassurant.

Alors, elle sourit. Rien ne pouvait ternir son plaisi
quand il la serrait si étroitement contre lui. A ce mome
elle aurait juré que le tissu de leurs vêtements étaient bo
conducteurs d'électricité. Une chaleur qui la renda
invincible se répandit dans son flanc.

Lorenzo la sentit tressaillir :

— Je t'aime, souffla-t-il, sans la regarder.

Puis, imperturbable, il présenta laconiquement :

— Irène.

Il ne songea pas à justifier sa présence chez lui e
spécifiant qu'elle était sa secrétaire, ou la fiancée de s
frère. Armelle eut beau se répéter qu'elle n'avait rien
craindre, puisque Lorenzo semblait agacé chaque fo
qu'il la trouvait sur son chemin, Irène arrivait à instaur
une sorte de malaise. Et son patron — s'il l'était ! -
perdait devant elle son habituelle assurance.

Pressé d'en finir, il continua, sans s'embarrasser d
patronymes :

— Nicole, Martine, Jean-Pierre, Marc...

Elle s'aperçut qu'il mettait une certaine ostentation
l'enlacer quand, pour elle, il précisa d'un ton de défi

— Armelle Fleurance. Vous avez déjà eu l'occasion
vous rencontrer.

— En effet, confirma négligemment Irène en lui tendant une main lascive. Avez-vous, ce jour-là, passé une agréable soirée ?

La question n'était pas innocente. Plus que jamais impulsive, Armelle rétorqua avec un sourire éclatant :

— Et vous ?

Mais en même temps, elle quêta une approbation muette dans le regard de Lorenzo. Pouvait-elle se permettre cette insolence ? Il lui déposa un baiser amusé sur le front. Etait-ce un pardon, ou un encouragement ? Puis il les quitta pour se consacrer à ses autres invités, qui hésitaient devant la porte qu'un maître d'hôtel leur tenait ouverte :

— Je vous en prie, entrez, lança-t-il à Jean-Pierre.

Celui-ci s'effaça devant Nicole et Martine. Elles avaient retrouvé leur sourire. L'échange aimable de propos entre les deux jeunes filles blondes les avait rassurées ; il s'était fait de façon si subtile qu'elles n'en avaient pas perçu les nuances aigres-douces. D'ailleurs Irène avait entraîné Armelle un peu à l'écart sur le perron pour lui faire admirer le parc. Dans les foulards en camaïeu orangés, son corps sculptural était une flamme animée par ses mouvements.

Elle semblait désigner les orthensias d'un massif, mais ses paroles portaient sur un tout autre sujet :

— Si j'ai bien compris, vous briguez le nom de da Ciudad ?

Armelle, de caractère énergique et spontané, ne voulut pas prolonger les sous-entendus. Elle avait en face d'elle sa future belle-sœur. Si elle souhaitait ne pas la rencontrer trop souvent, elle souhaitait aussi que leurs rapports ne fussent pas trop tendus. Elle quitta sa morgue et répondit avec une gentillesse qui, cette fois, n'était pas feinte :

— C'est un nom que vous porterez aussi, Irène.

— Certainement, laissa-t-elle tomber.

Ses iris clairs, presque gris, avaient disparu, mangés par une pupille dilatée de haine. Elles croisèrent les yeux comme on croise le fer. Armelle s'exhorta au calme :

— Le frère de Lorenzo sera-t-il des nôtres, ce soir ?
— Carlos ? Evidemment.

Elle traîna sur chaque syllabe avec une intonation blasée, une sorte de mépris. Il n'y avait pas dans sa voix les accents heureux d'une fiancée qui parle de son futur époux. Rongée par le doute, son interlocutrice s'enhardit :

— C'est lui qui est votre fiancé, n'est-ce pas ?
— Lorenzo n'a pas d'autre frère.

Irène avait conscience de la maintenir sur des charbons ardents. Elle y prenait un plaisir cruel. Elle s'arrangea pour ne pas donner de réponse plus explicite. Elle se tourna, rayonnante, vers Lorenzo qui, ayant confié ses convives au maître d'hôtel, s'impatientait.

Il les regarda vivement l'une après l'autre et toisa sa secrétaire d'un œil inquisiteur :

— Vos manigances ne risquent pas d'impressionner Armelle. L'amour que nous éprouvons l'un pour l'autre est inattaquable... et il dépasse de loin votre compréhension !

De nouveau, il la serra contre lui, avec fougue, comme s'il voulait l'incruster dans sa chair. A cet instant, Armelle se souvint de ses mots, à Cuzco : « Nous nous possédons déjà... » Oui, il la possédait sans vergogne, quand il laissait ainsi éclater sa passion.

Irène avait plissé les yeux, et les observait sous l'écran frangé de ses paupières savamment bleuies. Un sourire dédaigneux entrouvrait ses lèvres exagérément ourlées. Elle les narguait, sans même daigner répondre.

Excédé, il la rappela à l'ordre :

— N'étiez-vous pas souffrante ?
— Oh, simple accès de neurasthénie, qui s'est dissipé aussitôt que j'ai appris que nous recevions.
— *Je* reçois, rectifia-t-il. Vous n'êtes pas encore la maîtresse de maison...

Puis il se reprit, avec une ironie désabusée :

— Tant que votre présence n'importune pas mon frère, après tout, je n'y vois pas d'inconvénient.

A la façon dont il la traitait, Armelle n'aurait pas dû la craindre. Pourtant, leurs querelles dénonçaient une intimité malsonnante. Dès qu'elle le put, elle retint son hôte en arrière et s'assura, les yeux éperdus d'angoisse :

— Vous n'avez pas l'air de l'aimer beaucoup ?

Il ferma ses lèvres d'un doux baiser :

— Ma chérie, ne vous inquiétez pas de cela... Irène n'est qu'une femme pervertie.

— Mais alors, le pressa-t-elle d'une petite voix. Pourquoi la gardez-vous comme secrétaire ?

— Elle n'est plus ma secrétaire, mon ange...

Cet aparté, pourtant tendre et apaisant, ne la satisfit pas. Elle se savait trop enflammée pour juger sainement de la situation. Il lui faudrait un conseil impartial... mais, hélas, son père n'était pas là. Elle s'arrangerait pour exposer brièvement la situation à Martine ou Nicole, et verrait ce qu'elles en pensaient.

Après l'architecture étourdissante, le raffinement, à l'intérieur de la demeure, paraissait encore plus discret. Une odeur persistante de cire rappelait les douillets appartements de grand-mère. Mais les meubles, les tableaux, les sculptures, faisaient plutôt penser à un musée de splendeurs coloniales.

Dans le salon, un maître d'hôtel stylé avait distribué les whisky et les cocktails. Nicole et Martine avaient pris place à l'autre bout de la pièce, dans d'imposants fauteuils de vieux cuir où elles semblaient terriblement menues. Cédant à l'étiquette, Jean-Pierre et Marc, debout près du bar, discutaient avec un jeune homme à la peau brune, aux traits plus fins que la plupart des créoles péruviens. Armelle comprit qu'il s'agissait de Carlos, et s'étonna de son manque total de ressemblance avec Lorenzo. Sa belle tête aux boucles noires se dessinait sur une colonne de marbre rose, contre laquelle il était appuyé. Il avait la beauté dolente d'un éphèbe.

Il s'excusa auprès des deux Français et vint à la rencontre de son frère :

— Félicitations, dit-il d'une voix songeuse.

De près, il paraissait moins jeune, mais cela était dû
sans doute à la tristesse de ses yeux, qui ne s'égayaient
pas, même quand il souriait :

— Armelle ?...

Elle hocha la tête. Il s'inclina devant elle avec une réelle
admiration :

— Je suis Carlos... Mon frère a eu raison de ne pas se
soumettre à mes interrogatoires. Aucune description ne
pouvait rendre compte de votre beauté.

Il bégayait un peu, cherchant les mots appropriés à la
circonstance, mais on le sentait sincère. On le sentait
vulnérable, aussi, et Armelle ne sut que répondre sous
peine de sembler jouer les coquettes. Elle assura, plate-
ment :

— Je suis enchantée de faire votre connaissance.

Il prit la main qu'elle lui tendait et la garda dans la
sienne tandis qu'il confessait, à l'adresse de Lorenzo :

— C'est moi qui ai prié Irène de se joindre à nous...
Vous n'étiez que des couples, il m'était désagréable de
rester sans cavalière.

Irène, qui n'avait pas cru bon de s'écarter, siffla entre
ses lèvres :

— Vous restez toujours sans cavalière, mon cher. C'est
Lorenzo qui en a une de trop.

Ayant craché son venin, elle fit mine de tourner les
talons. Blanc comme un linge, Carlos la cloua sur place
d'une poigne nerveuse qu'on ne lui devinait pas :

— N'abusez pas ! L'heure de la disgrâce a sonné pour
vous.

Le cœur d'Armelle avait des soubresauts à la limite du
supportable. Extérieurement impassible, elle se défoula
dans l'ironie :

— Je commence à comprendre pourquoi, au Pérou, les
hommes et les femmes font clans séparés, lança-t-elle d'un
ton léger en indiquant ses amis à chaque extrémité du
salon. Je suis désolée que ma présence ait provoqué une
rupture sanglante dans cette coutume.

Il rit, suivant avec une expression sarcastique le couple qui sortait de la pièce :

— Sanglante ? Croyez-vous qu'ils vont s'entretuer ?

— Irène inspire des envies de meurtre, ne le niez pas.

— Vous êtes aussi de cet avis ? remarqua-t-il.

— Lorenzo...

Une larme perlait au bord de ses cils :

— Pourquoi ce cynisme, tout à coup ?

Il laissa errer son regard sur les boucles savamment indisciplinées qui auréolaient son front :

— Ma chérie, fit-il d'un ton grave, solennel, comme si elle recevait là sa première leçon sur la vie et les choses : ce sont certaines femmes qui rendent les hommes cyniques. Irène est de la pire espèce.

— Irène est un mystère, vous m'aimez et j'ai l'impression que vous me cachez quelque chose...

— C'est vrai, ma douce... Je t'aimerai toujours plus que tout, car je me croyais incapable de vibrer pour une autre musique que celle de ma guitare. Je te ferai écouter les nouvelles pièces que j'ai composées, c'est de toi que j'en tiens toutes les harmonies...

— Vous ne me parlez pas d'Irène, coupa-t-elle, se refusant à se laisser attendrir.

— Le moment n'est pas venu... Je vous ai déjà assuré qu'elle était inexistante. Ne pouvez-vous me faire confiance ?

Sa voix, son regard perçant reflétaient la même loyauté.

— Je tenais à vous présenter mon frère. Si vous aviez accepté de venir seule à mon invitation, certains événements en auraient été précipités... Hélas, j'ai dû avoir recours à vos amis, ne les négligeons pas maintenant... Que désirez-vous boire ?

Armelle se laissa conduire à la table de Martine et Nicole. Un sourire indécis s'était figé sur ses lèvres. Elle avisa leurs verres à moitié pleins d'un liquide rose transparent :

— Qu'est-ce que c'est ?

— Un cocktail secret, mais délicieux, informa Nicole.

— Je prendrai la même chose, annonça-t-elle à Lorenzo en élargissant son sourire.

Il se pencha sur la table et fit signe aux trois femmes de se rapprocher :

— Le maître d'hôtel ne vous a pas donné sa recette ? s'enquit-il du ton chuchoté des conspirateurs.

— Non, répondit Martine en roulant de grands yeux gourmands.

Lorenzo, le visage proche du cou d'Armelle, s'enivrait de son parfum. Il fit durer le plaisir :

— Si je vous la dévoile, en ferez-vous bon usage ?

— Nous essaierons, promirent-elles en chœur.

— Voilà : Giulio est d'origine italienne… Ses mixtures ne sont pas typiquement péruviennes. Vous n'en êtes pas déçues ?

Malicieusement, il les tenait en haleine, savourant le trouble d'Armelle qui palpitait contre lui.

— Soyez sérieux, supplia-t-elle, car elle sentait son souffle au creux de son épaule et en était chavirée.

— Rien n'est plus sérieux que les cocktails préparés par Giulio. Celui-ci est à base de ratafia de roses et de fleurs d'orangers. Mais la petite cerise qu'il y ajoute est très importante : elle sert à tromper l'ennemi.

Les trois Françaises éclatèrent de rire. Il en profita pour parcourir le dos d'Armelle d'une caresse rapide, et s'éloigna, heureux du frisson de volupté qui avait agité les épaules de la jeune fille.

— Il est plein d'humour, s'écria Nicole, ravie. Moi qui l'imaginais plutôt dans le genre ténébreux !

— C'est justement ce mélange de caractères qui le rend si séduisant, affirma Martine, péremptoire.

— Et que pensez-vous d'Irène ?

La question d'Armelle jeta un froid. Ses amies la considérèrent avec un certain embarras. Le silence se justifia car Giulio venait déposer sur leur table le cocktail préparé par ses soins. Discret, il s'éclipsa aussitôt, mais Martine avait eu le temps de se ressaisir :

— Elle est jolie mais… sincèrement, je ne la trouve pas très sympathique.

— Qui est-elle ? s'enquit Nicole, plus réaliste.

Armelle les regarda l'une après l'autre. Un pli se creusa entre ses fins sourcils blonds :

— Tâchez de l'apprendre, implora-t-elle.

— Comment ? Tu ne sais pas quelle est sa place dans cette maison ?

— Non. Lorenzo m'a d'abord affirmé qu'elle était sa secrétaire, puis la fiancée de Carlos… Je pourrais m'en tenir là…

— As-tu des raisons de ne pas le croire ? fit doucement Nicole qui, d'un geste de la main, tempérait les ardeurs de Martine prête à s'insurger bruyamment.

— Leurs attitudes, leurs reparties… Enfin, leur situation me semble équivoque. Vous n'avez rien remarqué ?

— Si, nous avons remarqué à quel point Lorenzo te vénère, intervint Martine.

Nicole rejeta en arrière ses cheveux flamboyants :

— Là n'est pas la question, trancha-t-elle, agacée. Si Armelle a des doutes, il faut les dissiper…

De par son métier, elle avait l'habitude de se pencher sur les problèmes psychologiques d'autrui. Chef du personnel dans une petite entreprise d'une centaine d'ouvriers, elle savait écouter et faire immédiatement la synthèse des difficultés soumises. Elle proposait alors la solution la mieux adaptée :

— N'as-tu pas interrogé Irène elle-même, lorsque vous vous êtes attardées sur le perron ?

— Elle s'est dérobée… Puis Lorenzo est venu nous chercher. Je n'ai pu insister.

— Et Carlos ? renchérit Martine, lancée sur une piste.

Armelle porta à ses lèvres le breuvage aux éclats de rubis. Un goût fort, mais fruité et parfumé, se répandit dans son palais. Elle marqua un temps pour le déguster :

— Carlos vient juste de m'être présenté. Je ne pouvais tout de même pas, d'emblée, lui demander de me préciser ses rapports avec Irène.

— Evidemment... Toi, tu ne peux pas te le permettre, concéda Martine... Ne t'inquiète pas, je m'en chargerai.

Nicole sursauta dans le fauteuil :

— Je t'en prie, tu vas encore commettre un impair.

Mais aussitôt, elle se reprocha sa brutalité :

— Je voulais dire... Dans les situations délicates, il faut avancer précautionneusement...

Martine lui adressa un regard sombre, démenti par un sourire mutin :

— Inutile de te reprendre, ce qui est dit est dit. Tu me confirmes, d'ailleurs, dans ma position ; puisque tout le monde a l'habitude de m'entendre... gaffer, je ne surprendrai personne. Il me suffira de commettre deux ou trois bévues pendant le repas pour que celle-là file dans le sillage des autres.

Elles allaient la détourner de son périlleux projet quand Lorenzo les pria de passer à table.

CHAPITRE VII

Le dîner, à base de fruits
: mer, était excellent. Mais Martine risquait d'en garder
a mauvais souvenir pour le nombre de coups de pieds
ae son mari lui avait décochés dans les chevilles.

Elle avait trouvé délicieux les mariscos, jolis coquillages
aits dans le citron vert, qui précédaient le ceviche, plat
ational de poisson cru fortement épicé avec de l'aji et
verses sortes de piments.

Elle en complimenta les maîtres de maison, plus
articulièrement Carlos, avec qui elle essayait d'entretenir
dialogue :

— Etes-vous bon cuisinier ?

— Pas du tout ! rit-il.

— Je vois, insista-t-elle avec une moue réprobatrice.
ous abandonnez les casseroles à vos épouses. Dans ce
as, Irène me renseignera sûrement...

Elle guetta une réaction, qui ne vint pas, et enchaîna,
ers sa nouvelle interlocutrice :

— Avez-vous appris à préparer les plats péruviens ?
omment sont cuits ces poissons ?

— Ils sont crus.

— Crus ? ! Eh bien, heureusement que je ne l'ai pas su
utôt... Je n'aurais pas pu y toucher !

Elle déroba ses jambes aux assauts de Jean-Pierre qui
ttrapa avec une aisance calculée :

— C'eût été te priver sottement d'une nourritu
exquise !

— J'en conviens. Personne n'est à l'abri des préjugé
n'est-ce pas Irène ? N'avez-vous pas ressenti la mêm
appréhension, la première fois qu'on vous a présenté (
poisson cru ?

Jean-Pierre baissa le nez sur son assiette tand
qu'Irène, qui commençait à la traiter avec une condesce
dance amusée, protesta :

— Non, j'ai toujours préféré le poisson cru de la cô
Pacifique aux poissons défraîchis des marchés parisien

— Vous vous êtes bien adaptée au pays, sourit Marti
que rien ne pouvait arrêter. Il y a longtemps que vous êt
ici ?

— Quelques années.

— Vous ne regrettez pas la France ?

Irène crut mettre fin au débat en allongeant le c
d'une manière affectée. Sa pose pouvait être prise po
une dénégation. Martine feignit de l'entendre ainsi
conclut :

— Ma question est stupide, puisque vous vous appr
tez à épouser un Péruvien...

Puis, fronçant les sourcils, elle avisa Carlos avec u
parfaite innocence :

— Si j'ai bien compris, vous êtes fiancés ?

Jean-Pierre crut s'étouffer quand, incertaine d'avoir é
entendue, elle interpella une seconde fois son vis-à-vi

— Dites-moi, Carlos, je ne me trompe pas : vous êt
bien le fiancé d'Irène ?

Armelle s'empourpra jusqu'aux oreilles. C'était tro
Lorenzo ne pouvait pas être dupe, il devinerait que
question avait été suggérée par elle. Elle évita de
regarder.

Mais il emprisonna sa main sur la table, mélangea s
doigts aux siens, puis porta leurs deux paumes uni
devant sa bouche pour étouffer un rire.

Elle osa alors lever les yeux vers lui. Un attendris

ent moqueur illuminait ses traits. Derrière leurs mains,
chuchota :

— Petite fille ! Petite folle !

C'était à peine audible, mais d'une complicité qui
rradia de joie.

A la question de Martine, les autres convives s'étaient
s, gênés. Dans le silence, Carlos distilla sa réponse :

— Pourquoi pas ? Irène est « fiancée » à tant
'hommes !

— Les da Ciudad sont fiancés à tant de femmes !
torqua, cinglante, sa blonde voisine.

Armelle, maintenant, était pâle. Chacun pouvait inter-
réter à son gré ces paroles sibyllines. Elle n'était
ersonnellement pas plus avancée mais ses amis, eux,
aient édifiés.

L'atmosphère se tendit. Nicole lui jeta un regard
ucieux, Martine un regard navré. Jean-Pierre roulait
es yeux furieux, Marc écarquillait des yeux incrédules.

Lorenzo reposa sa main sur la table avec une œillade et
n geste d'impuissance qui signifiait : « Vous voyez bien,
ous n'avancerons pas sur ce terrain-là. »

Mais, à la seconde même, il retrouva toute sa morgue
nvers son improbable secrétaire :

— Nous sommes à la recherche d'un idéal, ma chère.
eul un esprit vulgaire saurait voir là de l'inconstance.

— L'inaccessible étoile ? persifla-t-elle. Par définition,
n s'en lasse quand elle est atteinte.

— Dans ce cas, rugit Carlos d'une voix blanche,
ersonne ne devrait se lasser de vous, car votre perfidie est
limitée, personne ne l'atteindra jamais.

De caractère conciliant, Marc fit la sourde oreille à
injure et trouva prétexte à dévier la scène :

— Les jeux de l'amour se sont toujours répétés de cette
anière, à travers l'Histoire et à travers le monde. Les
mmes savent attiser notre désir en simulant l'indiffé-
nce et nous nous employons à les rendre jalouses pour
u'elles nous reviennent.

— Oui… Ce jeu de cache-cache existe chez le commun

des mortels, concéda Lorenzo d'un ton plaisant, mais il ▮
pourrait effleurer l'esprit... d'une Eloïse et d'un Abélar◀
par exemple.

— Ni de Juliette ou Roméo, interrompit Nicole, ma▮
il s'agit d'amours contrariées, ou de personnages fictif

Il partit d'un éclat de rire convaincu :

— Ne m'ôtez pas mes illusions ! Je crois encore
l'amour d'essence divine.

— Voilà un terme que Don Juan ne renierait pas ;
était pourtant le plus cynique des séducteurs, remarqu▮
Irène d'une voix suave, en s'écartant pour permettre à
gouvernante de retirer son assiette.

Lorenzo eut l'air de l'ignorer. Mais quand la gouve▮
nante eut finit de débarrasser, il s'enquit d'un ton neutr
auprès de ses invités français :

— Existe-t-il, dans votre culture, un équivalent ◀
Don Juan pour les femmes sans scrupules qui agissent ◀
la même façon ?

Sur ce sujet, la conversation se ranima rapidemen▮
Armelle s'abstint d'y participer ; Lorenzo suivit le déb▮
par souci des convenances. Il se moquait éperdument d
mérites comparés d'une Hétaïre et d'un Don Juan. Il av▮
seulement voulu infliger à Irène une leçon cuisante et ▮
était parvenu. Celle-ci alluma une cigarette alors que ▮
corvina à la meunière n'était pas encore servie, ▮
s'absorba dans ses volutes de fumée. Mais sa bouc▮
frémissait quand surgissaient ça et là les mots « cour▮
sane », « dévergondée », et même « prostituée », q▮
Nicole réfuta tout net :

— Le vocabulaire n'est pas tendre avec les femme
Don Juan serait un séducteur et son équivalent fémin▮
une prostituée ! Je ne suis pas d'accord.

Sans vouloir prendre parti, Armelle était sensible à
torture d'Irène. Les autres ne s'en rendaient-ils p▮
compte ? Lorenzo et Carlos savaient ce qu'endurait en
moment la jeune fille qui se tenait entre eux, le bus▮
droit. L'ovale de son visage s'était amolli, comme si el▮

réprimait un sanglot, mais ses prunelles grises gardaient la dureté de l'acier.

Qui était-elle ? Comment étaient ces parents ? Quel genre d'amis fréquentait-elle avant d'aboutir là ? Pourquoi avait-elle échoué ici ? A quel titre ?

Lorenzo avait beau lui affirmer et lui prouver son amour, il lui devait une explication. Elle ne pourrait pas l'épouser tant que le fantôme incertain d'Irène se dresserait entre eux.

Pourtant, les soins affectueux dont il l'entourait la charmaient. Rien n'échappait à sa tendre vigilance. Il remplissait son verre dès qu'elle y trempait les lèvres. Quand elle s'aperçut que les mets épicés la poussaient à le vider trop rapidement, elle arrêta son geste :

— Je vais finir par être un peu gaie.

— Vous ne l'êtes pas ? s'inquiéta-t-il.

— Ne faites pas le naïf ! Ce vin semble léger, mais il est traître... A moins que ce ne soit vous !

Un accès subit d'hilarité atténua la sévérité de l'accusation. Lorenzo se pencha sur elle pour préserver leur aparté, mais une douce ivresse la gagna d'un coup et son rire cristallin fusa, incontrôlable. Tout son corps en était secoué de frissons. Sa serviette glissa sur les plis de sa jupe. Une main rapide l'intercepta dans sa chute, puis la ramena le long de son mollet, effleura son genou au passage.

Lorenzo replia la pièce de lin sur ses cuisses, s'y attarda pour en apprécier le galbe parfait.

Elle resserra les jambes, avec un tremblement convulsif. Il n'insista pas.

Armelle prit la serviette et y enfouit la moitié de son visage. Elle riait toujours. Ses longs doigts aux ongles nacrés ne dissimulaient pas ses joues tendues et roses, ni ses yeux pétillants de malice.

Martine lui lança un regard courroucé, et ses lèvres articulèrent quelque chose comme :

— Un peu de tenue !

La gaieté d'Armelle redoubla... Elle avait dans la tête

une scène du film *Cousin, Cousine*. Elle s'imaginait la rejouant, ici même. Elle se lèverait de table, entraînerait Lorenzo... Que c'était drôle d'imaginer leurs faces ahuries, leurs mimiques outragées tandis que, tendrement enlacés, ils se dirigeraient sans vergogne vers une chambre !... Elle ne savait pas réfréner ce désir, jusqu'alors inconnu pour elle, qu'il faisait naître dans sa chair. Ce n'étaient encore que des sensations bizarres, des émotions fantaisistes qui lui couraient à fleur de peau et qui méritaient bien quelques instants d'abandon.

Son rire se transmit de proche en proche, contaminèrent la gouvernante qui apportait les desserts. « Enfin, pensa celle-ci, ils se débrident un peu. Que les dîners sont guindés, depuis le décès de Monsieur !... »

Elle déposa les picarones au centre de la table, laissant à chacun le soin de se servir.

Armelle reprit difficilement ses esprits :

— Je n'ai plus d'appétit, gémit-elle en voyant atterrir dans son assiette les petits gâteaux à la citrouille. La tête me tourne !

— Chérie, il faut manger, au contraire, conseilla Lorenzo.

Elle pouffa :

— Je serais incapable d'avaler une bouchée de plus. Voyez mon estomac.

Elle indiquait un creux, au milieu des deux petits seins fermes dont le décolleté dévoilait la naissance.

Il détourna le regard et ordonna d'une voix sèche :

— Allez vous allonger, c'est le meilleur remède. Je vous ferai porter votre dessert et un café... Mercédès, appela-t-il.

La gouvernante revint sur ses pas.

— Conduisez Mademoiselle dans le boudoir.

Dans un éclair de lucidité satanique, Armelle s'esclaffa :

— Oh non ! Attendez... Ce serait trop drôle !... Je vous en prie, conduisez-moi vous-même.

Ainsi, elle pourrait vivre réellement la scène qu'elle

avait envisagée tout à l'heure ! La mine déconfite des
autres invités, et Lorenzo qui, sous leurs yeux, l'emmène-
rait vers un divan...

— Je vous en prie, réitéra-t-elle. Faites-le !

Les regards scandalisés qui convergèrent sur elle la
renforcèrent dans son folâtre désir de choquer. Ils ne se
doutaient pas qu'elle pouvait céder à ce fantasme sans que
la farce prêtât à conséquence ! Un tel miracle n'était
possible qu'avec Lorenzo ! Une fois seuls, il n'aurait
qu'une hâte : apaiser sa fièvre en posant sa fine main
fraîche sur son front brûlant.

Les yeux sombres, la mine tout à coup songeuse, un
vague sourire errant sur les lèvres, il capitula :

— Alors, venez.

Il la souleva de terre sans effort. Elle se sentait légère,
légère ! Une puissance sécurisante se dégageait des muscles élastiques qui saillaient sous l'habit, lui barraient le
dos et la pliure des genoux.

— Vous êtes athlétique, pour un musicien, railla-t-elle
en rectifiant amoureusement son nœud papillon.

Puis elle laissa glisser sa tête au creux de son épaule et
s'y apesantit, consciente de l'image qu'ils offraient, lui
avec son profil majestueux, sa virilité impérieuse qui
subjuguait les cœurs féminins ; et elle, avec sa blondeur
nichée dans son cou, sa jupe vaporeuse qui tombait
jusqu'au sol.

Elle s'amusa énormément de le voir ouvrir la porte en
fer forgé d'un ascenseur vieillot :

— Votre maison est-elle si haute ? Je ne l'avais pas
remarqué.

— C'est que vous n'avez pas remarqué la paresse
physique des créoles, ironisa-t-il. Dès qu'ils en ont les
moyens, ils ne parcourraient pas cinquante mètres sans
voiture et ne graviraient pas trois marches à pied.

Il s'engouffra avec son indolent fardeau dans le réduit
tapissé de velours rouge.

— Je ne m'assieds pas par paresse, mais par goût du

confort, se défendit-il avec humour. Cette cabine est minuscule.

Et il se laissa glisser sur la banquette, Armelle sur les genoux. Un miroir de Venise qui couvrait entièrement la paroi opposée leur renvoya leur image. Alanguie contre lui, dans une posture inspirée des gravures romantiques, elle fut transportée d'une telle admiration qu'elle en ressentit un certain vertige tandis que la cage s'éleva avec un crissement de câbles.

Les nerfs exacerbés, elle repartit à rire :

— Nous n'atteindrons jamais le ciel à ce rythme-là

— Si, fit-il d'une voix émue.

Il s'empara avidement de ses lèvres. Il la broya contre lui avec une voracité contre laquelle elle ne pouvait plus se dérober. Emprisonnée dans ses muscles d'acier, les chevilles immobilisées sous le siège, Armelle ne pouvait espérer se débattre. D'abord, elle n'y pensa pas. La fascination qu'il exerçait sur elle ralentissait ses facultés mentales en exacerbant ses sens. Ses narines se dilataient aux parfums de leurs haleines mélangées ; sa peau vibrait au contact des vêtements et des caresses ; ses yeux clos inventaient des arcs-en-ciel lumineux ; son palais se délectait de la saveur de sa bouche...

Son ouïe alertée perçut le déclic du dispositif de sécurité d'un étage, puis d'un second.

Elle fut dégrisée d'un coup :

— Où m'emmenez-vous ? s'inquiéta-t-elle, suspicieuse.

Il la maintint étroitement liée à lui et annonça, la voix chaude de désir :

— Là où tu m'as demandé de t'emmener.

— Mais... je n'ai rien demandé ! C'est vous qui..

— Qui quoi ?

— Qui m'avez proposé...

— Exact, nota-t-il en ouvrant la porte sur le dernier palier : l'homme propose et la femme dispose, ce vieil adage ne s'est jamais mieux illustré.

L'ascenseur donnait directement sur une garçonnière

aménagée dans des combles spacieux à la charpente apparente. Elle était meublée sobrement. Il y régnait un désordre tout artistique. Une guitare était posée sur le piano à queue, une autre appuyée contre le lit.

Armelle eut un frisson apeuré quand Lorenzo la déposa au sol pour changer cette guitare de place, puis quand il revint vers elle et l'entraîna doucement, ne croyant pas se heurter à une résistance.

— Non... non... articula-t-elle d'une voix craintive... Vous n'allez pas ?... Oh non...

Ses yeux s'agrandirent d'horreur. Ses jambes flageollaient. L'homme n'eut qu'à appuyer sur ses épaules, avec une délicatesse infinie, pour qu'elle s'écroûlât sur les couvertures. Elle se recroquevilla totalement, les genoux contre le menton, les jambes enserrées dans ses minces bras tremblant de crispation.

— Ma chérie...

Elle refusait de regarder le visage proche, tendu vers elle. Elle craignait d'y retrouver la beauté austère de ces traits qui l'avaient abusée. Un petit cri plaintif passa sa gorge nouée.

— Je ne te ferai pas de mal, promit-il.

Sa voix lénifiante exhalait contre sa bouche hermétiquement close un souffle tiède et parfumé comme une brise de printemps.

Alors elle se redressa, farouche, lucide dans son affolement, et le gifla d'un brusque revers :

— Ce ne sont pas les blessures que je crains, vous venez de m'infliger la plus cruelle !

Un peu désarçonné par sa violence, il l'écrasa de tout son poids. Leurs corps s'enfoncèrent dans l'édredon moelleux. Sa poigne de fer ankylosait ses deux mains, qu'il serrait à les briser. Les yeux meurtris de l'affront qu'il venait de subir sans se rebiffer, il contempla le petit visage chiffonné où coulait une larme de rage.

Il blêmit, s'écarta d'un bond, se laissant rouler sur le côté :

— Juste ciel ! explosa-t-il. Me croyez-vous capable de vous violenter ?

Haletante, noyée de chagrin, elle ne répondit pas. Reprenant ses esprits, elle se précipita vers l'ascenseur.

En deux enjambées félines, Lorenzo vint se dresser devant elle, lui en bouchant l'accès. Pour la première fois depuis qu'elle avait pénétré dans son domaine, elle soutint son regard... et en fut bouleversée.

Elle n'y lisait pas la bestialité à laquelle elle s'attendait. Au contraire, une sincère incrédulité éclaircissait les prunelles brunes, qui en prenaient des reflets d'ambre.

Un appel vibrant troua le silence :

— Armelle ! Pas vous !... Je n'arrive à le croire... Vous n'êtes pas une de ces coquettes qui ne trouvent leur plaisir qu'à aguicher les hommes !

Il paraissait terriblement déçu. Des rides expressives se creusaient sur ses tempes. Armelle ne comprenait plus ce qui lui arrivait. Comment la situation pouvait-elle se renverser en sa défaveur ? Pourquoi, alors que c'était elle qui aurait dû le toiser dédaigneusement, se retrouvait-elle accusée ? Qu'avait-elle fait pour inspirer cette affligeante désillusion ?

Elle ne se souvenait pas. Ses idées étaient brouillées par l'alcool, dont elle n'avait pas l'habitude. Oppressée, elle se jeta contre lui. Les bras de Lorenzo étaient son seul refuge.

— Excusez-moi, balbutia-t-elle. Je ne sais même pas de quelles fautes je suis coupable... Mais il faut me pardonner. Je vous aime, je vous le jure... J'ai voulu vous plaire...

Elle hésita. Mais comme il restait muet, elle se reprit

—Non.. . Je m'exprime mal... J'ai la certitude de vous plaire... Ma provocation n'était qu'un jeu.

Il l'enlaça, caressa ses boucles en l'obligeant à reposer la tête contre sa poitrine.

A travers la veste de l'habit, Armelle perçut les battements violents de son cœur.

— C'est justement ce jeu que je vous reproche, dit-il sans animosité. Il n'est pas digne de vous.

Un soupir désespéré lui échappa :

— Lorenzo, ne me torturez pas... Vous m'auriez jugée plus sévèrement encore si...

— Non, coupa-t-il. J'aurais accepté à sa juste valeur une magnifique preuve de confiance. Je n'y aurais pas prétendu si vous ne vous étiez pas offerte. Le don de soi, Armelle, est le plus éblouissant témoignage d'amour. Je n'étais même pas étonné que vous me fassiez ce cadeau. Je l'aurais reçu avec une reconnaissance infinie que nos années côte à côte n'auraient fait que renforcer.

Elle incrustait son front en secouant la tête dans les revers de soie. Leur douceur n'apaisa pas son désarroi :

— Etes-vous réellement si différent des autres ?...

— Les autres n'existent pas. Les idées préconçues ne nous concernent pas. Pourquoi juguler notre désir quand il est l'éclatant reflet de notre amour ?

Passionnément, elle lui tendit ses lèvres :

— J'ai hâte de vous appartenir, Lorenzo...

Il prit sa tête à deux mains, la rapprocha de lui, plongea ses prunelles ardentes dans les yeux d'azur dont la pureté l'éblouit :

— C'est toi qui es réellement différente des autres femmes. Ton amour dépasse les conventions sociales, reconnais-le, accepte-le... Et donne-moi, sans trembler, tout ce que tu brûles de me donner.

Il scella ses lèvres avant qu'elle pût répondre. Mais de toute la volonté de son énergie tendue, elle repoussa son étreinte. Elle voyait clair, tout à coup, dans son manège démoniaque. Elle avait déjà entendu ces arguments trompeurs : « Vous me décevez, je vous croyais différente »... puis : « Vous *êtes* différente... »

Non, elle était comme les autres, elle avait les mêmes frayeurs de céder et de se trouver aussitôt délaissée.

— Non, non, suffoqua-t-elle en lui dérobant ses lèvres. Vous ne m'abuserez pas, comme, peut-être, vous avez déjà abusé Irène.

Hébété, soudain ivre de colère, il l'éloigna de lui :
— Que dites-vous ?

Son teint avait viré à l'olivâtre. Ses dents parfaites
étincelaient dans sa bouche entrouverte de dégoût. Ses
yeux, si tendres une seconde plus tôt, étaient devenus
durs comme le bronze :

— Que vous a raconté cette peste ?

Muette, un peu terrifiée, Armelle baissa les paupières.
Il la secoua sauvagement :

— Vous vous fiez aux médisances d'Irène, qui ne
mériterait même pas de cirer vos chaussures ! Pauvre
inconsciente !

Armelle hocha la tête. Son cœur pesait une tonne dans
sa poitrine :

— Elle... elle ne m'a rien dit...
— Je ne vous crois pas ! rugit-il.
— C'est la vérité, je vous assure.
— Vous mentez ! Irène est une vipère, elle s'insinue
partout. Vous aurait-elle déjà inoculé son hypocrisie ?
— Je vous jure que je dis la vérité.

Aveuglé par la fureur, il ne voulut rien entendre. Il
l'agitait en assauts déchaînés, lui broyait le haut des bras.
Ses ongles carrés, les callosités laissées par les cordes de la
guitare meurtrissaient sa chair à cet endroit fragile.

— Avouez ! Avouez ! Si elle n'avait pas jeté le trouble
dans votre esprit, vous ne m'auriez jamais lancé une telle
accusation !

— Assez ! hurla-t-elle à son tour. Aucun homme ne
m'a jamais traitée avec cette barbarie ! Lâchez-moi !

La douleur avait eu raison de sa passivité. Glaciale, elle
jeta sa sentence avec le plus profond mépris :

— La haine que vous portez à cette pauvre fille m'en
apprend plus que toutes les confidences qu'elle aurait pu
me faire.

Lorenzo se calma. Sa violence fit place au décourage-
ment :

— Vous avouez donc... Quel genre de confidences
avez-vous reçu ?

— Aucune ! Aucune ! répéta-t-elle en prenant sa tête à deux mains. Votre insistance est ridicule ! Quelle torture allez-vous inventer pour me faire avouer ce qui n'existe pas ?

Il fit quelques pas incertains puis, de lassitude, se laissa choir sur le tabouret de piano. Son coude, involontairement, heurta quelques notes aiguës qui joignirent leur cri dissonant à la dispute.

— Je n'ai aucune envie de vous torturer... commença-t-il d'une voix altérée après avoir laissé s'éteindre les dernières harmonies. Mais l'idée que vous puissiez vous laissez circonvenir par cette intrigante me torture moi-même. Votre jalousie m'a mis hors de moi, car elle est infondée.

— Infondée ? ironisa la jeune fille, qui ne voulait plus se laisser fléchir par ses accents douloureux. Reconnaissez que vous êtes discret, sinon fuyant, quand je tente de vous interroger à ce sujet.

Il eut un rire bref, et ses larges épaules s'agitèrent :
— Je vous croyais assez confiante pour passer outre.
— Eh bien, je ne le suis pas ! Tirez-en les conclusions. Ou bien vous renoncez définitivement à moi, ou bien vous daignez me donner une explication.

Extérieurement, elle avait repris toute son assurance. Les bras croisés, elle était venue s'accouder contre la table d'harmonie du somptueux instrument. Le cou droit, dans une attitude de dignité extrême, elle dominait son interlocuteur. Seule sa lèvre tremblante dénonçait son tourment.

Il parut gêné. Avec un rire mêlé d'amertume, il égrena quelques arpèges :
— Mes explications ne vous satisferont sans doute pas. Je suis d'une nature assez secrète... Et pourtant, je me sentais capable de me livrer à vous, dans des conditions plus calmes... plus favorables. Sous la contrainte, je m'exprimerai moins...

Il ne trouva pas le mot, changea la tournure de sa phrase :

— Les Français disent « ouvrir son cœur ». Le mien s'est fermé à l'instant...

— Irène ? relança Armelle, intraitable.

— Elle est arrivée ici dans des circonstances particulières, il y a sept ans. Carlos est tombé amoureux d'elle, elle semblait partager ses sentiments... A la mort de notre père, pour justifier sa présence sous notre toit, je l'ai engagée comme secrétaire. Je m'isolais ici des journées entières, devant mes partitions. J'avais organisé ma vie de façon à regrouper les séances d'enregistrement et les concerts à l'étranger sur trois mois de l'année. Avant d'avoir eu accès à ma comptabilité et à mes contrats, Irène ne se doutait pas que j'étais un artiste privilégié, c'est-à-dire un homme riche. Elle me prenait pour un guitareux, un parasite.

Il toussota, laissa errer son regard sur les portées encore vierges du papier à musique déposé sur un chevalet, à sa gauche, à l'opposé d'Armelle.

— Où reprendre ? s'interrogea-t-il avec un claquement de langue.

Il parlait très bas, comme à lui-même :

— J'ai également deux sœurs, que l'honnêteté n'étouffe pas. Irène apprit, en fouillant mes papiers, qu'elles avaient dépouillé mon frère de sa part d'héritage sur l'hacienda, et que c'était moi qui subventionnais Carlos, en attendant qu'il se refasse une situation. Vous devinez la suite : elle jeta aussitôt son dévolu sur le plus fortuné des deux...

— Cela ne tient pas, objecta Armelle.

Depuis le début, elle épluchait attentivement son récit, avec la volonté arrêtée d'y découvrir une faille.

Lorenzo la questionna d'un regard ahuri, et elle enchaîna négligemment :

— Comment se fait-il que votre frère n'ait pas épousé Irène plus tôt, à l'époque où elle semblait consentante ?

— D'abord, mon père était malade. Ensuite Carlos porta son deuil. Par respect pour sa mémoire, il ne voulait pas se précipiter.

— Admettons, trancha une voix glaciale. Dans ce cas, pourquoi aucun de vous n'a rompu avec elle quand elle s'est révélée aussi cupide et inconstante ?

— Oh, Armelle ! soupira-t-il en laissant tomber ses bras. On dirait que vous ne connaissez rien au cœur des hommes ! Quand la vérité lui sauta au visage, Carlos ne voulut pas la reconnaître... Puis il en souffrit, et résolut de reconquérir cette fille qui lui échappait. Il en souffre encore, et me supplie de la garder à mon service.

— Je croyais qu'elle n'était plus votre secrétaire ?

— C'est exact. J'ai pris cette décision en début de soirée.

— Juste au moment où vous me l'avez dit, sans doute ?

— Gardez vos sarcasmes. Je suis involontairement l'arbitre d'une situation embrouillée, où la sensibilité de Carlos est en jeu, ainsi que son avenir. Toute tentative trop brutale de ma part risquerait de le rendre malade. Et pourtant, je vais m'y risquer, par amour pour vous.

Il laissa couler les derniers mots sur la lancée, sans les charger d'une intonation particulière. Armelle réfréna son désir d'avancer vers lui, de se laisser glisser au sol et de poser affectueusement sa tête sur ses genoux. Si elle lui montrait à quel point elle était attendrie, il s'épancherait plus librement. Une intimité nouvelle les liait. Les soucis qu'il se faisait pour son frère, elle devait les partager et non pas les appréhender avec méfiance.

Elle se sermonnait, mais quelque chose s'était brisé en elle. Cette vérité, pourtant compliquée, lui paraissait trop simple. Il sentit son hésitation, et c'est lui qui se leva, s'avança vers elle, prit sa main dans les siennes :

— Je vous conjure de me croire.

Elle esquissa un sourire douloureux :

— Vous me cachez l'essentiel : quelles sont ces... circonstances obscures qui ont amené Irène chez vous ?

De nouveau, ses traits se durcirent. Il serra les dents, un pli amer abaissa la commissure de ses lèvres :

— Il me coûte trop d'en parler.

— Y êtes-vous impliqué ? insista-t-elle.

— Tout le monde est impliqué dans sa propre jeunesse.

Elle appuya le front contre son épaule offerte, dans un geste d'abandon calculé, qui voulait témoigner de son indulgence :

— Irène est-elle une erreur dans votre vie ? s'enquit-elle doucement, prête à lui pardonner.

— Irène n'a jamais été une erreur dans ma vie. Elle est une faute grave dans la vie de quelqu'un d'autre... quelqu'un qui n'existe plus.

Puis, la serrant avec une fougue nerveuse, comme s'il voulait tuer en lui le souvenir même de « celui qui n'existait plus », il ajouta :

— Je suis de plus en plus pressé de vous épouser.

Elle se laissa bercer. Il savait employer les mots magiques qui dissipaient les ombres.

CHAPITRE VIII

Une nouvelle phase commença dans les sentiments d'Armelle. Elle n'avait pu provoquer les confidences d'Irène, que Lorenzo avait éloignée d'elle pendant la fin de la soirée. Carlos, qui était un garçon d'une sensibilité exacerbée, avait ressenti son malaise ; il était venu candidement lui réaffirmer que son père l'aimait plus que tout au monde.

Cette démarche même amplifia ses soupçons. Les deux êtres n'étaient-ils pas complices ?

La perplexité de ses confidentes habituelles ne l'aida pas. Martine lui avait reproché sa conduite insensée ; Nicole l'avait mise en garde contre cette situation trouble, sans toutefois la décourager.

— Ne te précipite pas, lui avait-elle conseillé. Attends de voir l'évolution des événements. A mon avis, Irène a été sa maîtresse, mais il a rompu avec elle depuis longtemps. L'ennui, c'est qu'elle n'accepte pas la rupture.

Armelle s'était décomposée. Il lui était insupportable d'entendre formuler tout haut ce qu'elle redoutait tout bas :

— Alors, Lorenzo m'a menti ! Et tu m'annonces cela sans te révolter ?

— Oh, il s'agit d'un mensonge très bénin, fit la jeune femme, philosophe. Une petite lâcheté toute masculine. Irène est appétissante, et visiblement peu farouche. Da Ciudad aura succombé à ses charmes, et Carlos après lui.

— Je me moque de Carlos ! Si Lorenzo a été l'amant d
cette fille, je ne pourrais jamais le lui pardonner.

— Si tu as la prétention d'être la première dans le lit d
ton mari, décréta crûment Martine, tu devras le choisir a
lycée !

Armelle l'avait foudroyée du regard :

— Figure-toi que je n'ai pas la prétention d'épouser u
saint, mais un dieu !

— Les dieux n'ont jamais dédaigné les belles mortelle
rétorqua malicieusement Nicole.

Puis, reprenant son sérieux, elle avait ajouté :

— Voyons, sois raisonnable. On ne peut pas être jalou
du passé.

Une lueur d'espoir avait traversé les yeux bleus embu
de larmes :

— Tu crois, sincèrement, qu'Irène fait partie d
passé ?

— J'en suis convaincue. Et les révélations que Lorenz
t'a faites à propos de Carlos sont vérifiables : ce pauv
garçon est amoureux fou d'elle. Il a l'air d'un chien battu
Je comprends que son frère hésite à tuer ses dernière
illusions.

Armelle s'en tint là et ne provoqua plus de discussio
sur ce sujet. Elle devait faire le point en elle-même sans
secours de personne. Une seule certitude la taraudait
Irène faisait partie du passé de Lorenzo, comme ell
l'avait pressenti.

Pourquoi ne le lui avait-il pas avoué franchement
Avait-il craint de la blesser ? Ne savait-il pas que so
manque de confiance était plus blessant que ses ancienne
incartades ?

Au bout de ses réflexions, elle dut admettre qu'ell
avait manqué de diplomatie. Quand il avait reconnu
« Irène est une faute grave dans la vie de quelqu'u
d'autre, quelqu'un qui n'existe plus », Lorenzo avait é
sur le point de livrer un lourd secret. Elle n'avait pas s
forcer la confidence : Qui pouvait être cet « autre », sino
Lorenzo da Ciudad lui-même ?

Elle passa une nuit blanche. Comme elle aurait aimé
e tenue à l'écart du drame à trois personnages qui se
ait dans le manoir de San Isidro ! L'atmosphère tendue
la soirée continuait de l'étouffer. Lorenzo lui-même
vait pas été tel qu'elle l'espérait ; mais aussi, elle se
rochait de l'avoir provoqué.

Elle se tournait et se retournait dans les draps toujours
s, que son corps gesticulant n'arrivait pas à réchauffer.
Demain, les esprits seraient apaisés. Lorenzo lui parle-
sans énigme. Elle pourrait enfin le comprendre, et
soudre.

Au petit matin, un sommeil à demi conscient s'était
paré d'elle.

Peu à peu, un bourdonnement émergea du fond de son
e et elle réalisa que le téléphone sonnait. Elle eut
bord la désagréable sensation d'être harcelée. Puis elle
redressa, aussitôt électrisée, envahie par sa passion
orante :

— Oui ? Allô ?

— Accepteriez-vous d'assister à un spectacle ?

Même par le truchement du récepteur, la voix grave et
ntante était à son oreille une caresse délicieuse.

— Hum... gémit-elle. C'est pour cela que vous me
eillez ?

Elle ignora délibérément son cœur qui battait la cha-
de et frotta ses yeux de sa main libre :

— Quelle heure est-il ?

— La ville est encore endormie.

— Donc, en principe, les théâtres sont fermés.

— J'en connais un qui ne fait pas relâche, mais pressez-
s, nous risquons de manquer l'apothéose.

— Vous plaisantez ?

— Si vous ne venez pas, vous ne le saurez jamais. Etes-
s curieuse ?

— Oui, avoua-t-elle dans un souffle. Où êtes-vous ?

— Nulle part, puisque je n'existe pas sans vous.

Elle haussa les épaules mais, charmée, lança avant de
crocher :

— Je vous y rejoins.

Elle sauta du lit sans trop se raisonner. Derrière
rideaux, le ciel scintillait encore d'étoiles. Cinq heures
demie !... C'était la dernière folie qu'elle commettait, ‹
se le jura.

Lorenzo se conduisait de façon insensée, mais irrési
ble. Si seulement il n'y avait pas eu tous ces mystères ‹
planaient sur son bonheur, tels d'impressionnants ra
ces ! Il était tellement agréable de lui emboîter le pas da
ses extravagances...

Un blue-jean, des baskets, un pull léger, les cheve
libres et le sac en bandoulière, elle était fin prête pour u
excursion matinale. Quand il la verrait vêtue de ce
façon, l'envie lui passerait de l'entraîner dans les ca
fréquentées par les noceurs noctambules. Pour sa pa
elle préférait se promener sans but dans les rues de la v
en éveil.

Son cœur bondit dans sa poitrine dès qu'elle sortit
l'ascenseur. Un seul coup d'œil lui apprit que les pro
de Lorenzo correspondaient aux siens. Sa silhoue
puissante et racée se reflétait dans un miroir du hall
était nonchalamment accoudé au comptoir de la réc
tion, dans un confortable pull blanc à col roulé, les c
de sa voiture à la main :

— Le lever du soleil nous attend sur les rives du
Rimac. Cela vous convient ? s'enquit-il certain de
réponse.

Il l'enlaça par la taille. Leurs pas s'accordèrent aussi
hanche contre hanche.

Les voitures étant rares, toutes les fantaisies étai
permises. Armelle rit en le voyant emprunter un s
interdit dans les rues étroites et perpendiculaires
s'ordonnaient au sud de la ville.

Ils se garèrent à proximité des quais. Un vent frais l
cinglait le visage. Des barques clapotaient doucement
le fleuve, les amarres crissaient. Le jour commençai
poindre.

— Je ne vous avais pas menti. Ce théâtre-là ne ferme
ais ses portes, annonça triomphalement Lorenzo.

Un frisson de froid les parcourut. Ils se serrèrent plus
oitement en empruntant le chemin de halage qui les
lait des immeubles.

— Je ne me suis pas couché. J'ai marché toute la nuit.
vais besoin de vous, fit-il d'une voix songeuse.

Puis, comme s'il lui en coûtait de se laisser aller à cet
u, il grimaça, avec un sourire nuancé de cynisme :

— Il faut dire que vous avez mis mes nerfs à rude
euve, hier soir.

Armelle le savait. Pendant son demi-sommeil agité, elle
tait reproché sa coquetterie et avait prévu de lui en
nander pardon, s'il lui en reparlait :

— Je n'ai pas l'habitude de boire. Le cocktail de Giulio
plus fautif que moi. C'est lui qui doit vous faire des
uses, répliqua-t-elle d'un petit air mutin.

— Qui, lui ? Le cocktail ou Giulio ?

— Ils ont partie liée. Adressez-vous à celui qui fera
s facilemant amende honorable.

l rit :

— Je n'y manquerai pas. Les liqueurs de roses ont
ins d'épines que les charmantes petites filles à la langue
n pendue !

Une clarté rose se répandit autour d'eux, scintillant sur
vaguelettes du rio. Armelle chercha un moment une
lique habile, qui amènerait la conversation sur Irène
s troubler la sérénité de l'instant.

— Ai-je été trop bavarde ?

l haussa imperceptiblement les épaules. Elle força son
tisme :

— Si j'ai dit quelque chose qui pouvait vous déplaire,
tait bien involontairement. Je suis persuadée que vous
m'en tenez pas rigueur.

— Chut ! fit-il en posant un doigt sur ses lèvres... Ne
npez pas l'harmonie de l'aurore.

Un arc rougeoyant apparut, à l'est, au-dessus des
ldings. Instinctivement ils le fixèrent ensemble, les

yeux plissés, derrière la frange de leurs cils. Puis, tɪ
vite, ils n'en purent plus supporter l'éclat.

D'abord timides, les rumeurs de la ville s'amplifièreɪ
L'or gagna sur le pourpre. Une nouvelle journée commeɪ
çait.

Des hommes et des femmes, marchant d'un pas preɪ
vers leur travail, les croisaient sans les voir, ou lɪ
jetaient un regard en coulisse, étonné et réprobateɪ

— Ils sont persuadés que nous avons passé une longɪ
nuit d'amour, souffla Lorenzo, tout près de sa joue. Ils
se tromperont plus longtemps.

Il glissa sa main entre leurs deux bouches et malɪ
doucement la chair pulpeuse et sans résistance de sa lèɪ
inférieure. Armelle se sentit soulevée par une vague
sensualité insoutenable.

— Tremble encore... Je te sens vibrer et gémir...

— Non...

Elle se détourna, effarouchée, mais son menton
retrouva emprisonné dans la main insistante qui quémaɪ
dait un baiser. Ne l'obtenant pas, Lorenzo s'écarɪ
changeant aussitôt son attitude :

— Vous êtes décidément incorruptible.

Il resta un moment penché sur elle, les yeux caressaɪ
et impénétrables, puis il déclara d'un ton net, un ɪ
sarcastique :

— Vous ne me refuserez plus d'entreprendre
démarches au consulat pour notre mariage.

— Si, fit-elle froidement.

Elle triturait ses mains croisées devant sa poitrine pɪ
maintenir entre eux une certaine distance.

— Je préfère que ces démarches soient faites à Paris.
vous en ai déjà informé... Comprenez-moi, je vous
supplie.

— Alors, prenons l'avion aujourd'hui, décida-t-il aɪ
une fougue redoublée.

— C'est impossible !

Il porta une main à son front, creusé d'une baɪ

ucieuse, comme s'il se remémorait tout à coup un
npêchement :

— Vous avez raison. Nous partirons demain après-
idi, avec Carlos. Un dépaysement lui sera salutaire.

— Vous parlez sérieusement ?

— Bien sûr. J'ai été négligent de ne pas envisager plus
t cette solution, murmura-t-il pour lui-même.

Elle l'observa, indécise, transportée de joie mais n'osant
croire. Lorenzo avec elle, à Paris, c'était fabuleux !
était des fiançailles dans un décor familier ; c'était des
irées à discuter, à écouter de la musique entre les deux
ommes qu'elle aimait, lui, et son père ; c'était un mariage
lennel, une vraie cérémonie et non une formalité
pédiée entre deux bureaux ; et puis, c'était mettre des
illiers de kilomètres, un continent et un océan, entre
ène et les frères da Ciudad !

— C'est décidé ! confirma-t-il en la soulevant de terre
ur la faire tourner dans ses bras. Allons immédiatement
tenir nos billets, nous déjeunerons au buffet de l'aéro-
ort.

— Vous n'en informez pas Carlos ?

— Je préfère le mettre devant le fait accompli. Il
acceptera pas l'exil sans résistance.

Dans la voiture, elle posa tendrement une main sur son
ignet :

— Vous voulez l'éloigner d'Irène, n'est-ce pas ?

— Enfin ! s'exclama-t-il avec un soupir d'heureux
ulagement. Enfin, ma chérie, vous me croyez !

— Oui, je vous crois.

Elle abandonna sa tête sur son épaule. Ils étaient dans le
ême état de plénitude qu'au premier jour. Elle hasarda
udemment, espérant qu'il ne pourrait plus se fâcher :

— Je vous crois à moitié. Non, aux trois quarts, disons
x sept huitièmes !

Il éclata d'un rire sonore :

— On peut dire que vous ne capitulez pas facilement !
l'heure qu'il est, vous êtes encore persuadée qu'Irène a
é ma maîtresse ?

— Pour être franche...

— Je sais que vous l'êtes. Et comme il m'est impossib
de fournir des preuves matérielles, je prends le parti
m'en amuser !

— Vous pourriez prendre le parti d'éclaircir quelqu
points restés obscurs dans notre discussion d'hier, répl
qua-t-elle légèrement boudeuse.

Dans le rétroviseur, il roula de gros yeux sévères, ma
la ride à ses tempes le trahissait. Il semblait un collégie
préparant une farce :

— Si j'y mettais une condition ?

— Acceptée d'avance.

— Vous ne vous dédirez pas ?

— Promis.

— D'accord, voici la condition : Une escale de tro
jours à New York avant de regagner la France. Je dois
rencontrer mon imprésario, qui prépare une tournée
concerts pour septembre.

Armelle ne l'écoutait plus. Sa joie retomba d'un cou
Des larmes de rage emplirent ses yeux. Elle se sen
flouée au moment précis où elle atteignait le but :

— La torture morale n'a donc aucun secret pour vous
marmotta-t-elle d'une voix blanche.

Il l'examina de biais. Un pli ironique accentuait
dessin de ses pommettes. Il ne montrait aucun empress
ment à la consoler :

— Il me plaît de mettre votre confiance à l'épreuv

— Cela détonne avec les sentiments nobles que vo
prôniez hier soir, rétorqua-t-elle fièrement. Où e
l'amour au-dessus du commun des mortels dont vous vo
proclamiez le leader ?

Il prit sa main de force et la porta à son cœur dans
geste théâtral :

— Il est là... Que sentez-vous ?

— Quelque chose de dur comme une pierre !

— C'est étonnant ce que les femmes ont du flair po
certains objets, s'exclama-t-il ravi.

Toute trace d'ironie avait disparu de son expression.

lueur qui traversa ses prunelles balançait entre la malice et
'émerveillement :

— Vous n'aviez pourtant pas le doigt dessus !

Toujours ahurie de ses revirements, elle le vit fouiller,
sous son pull, la poche de sa chemise.

La bretelle d'autoroute qui bifurquait vers l'aéroport
du Callao le surprit. Tenant le volant d'une main, il n'eut
pas le temps de braquer pour s'y engager :

— Vous allez encore me soupçonner de préméditation,
rit-il.

Et, en même temps, il lui tendit la pierre. C'était un
diamant d'un poids vertigineux, serti de petits brillants
qui scintillaient tous azimuths, comme si leurs feux
voulaient rivaliser.

Armelle resta les yeux rivés dessus sans pouvoir exprimer ni joie ni stupeur. L'anneau était en platine. Lorenzo
le tenait entre le pouce et l'index. La bague miroitait,
capturant la lumière du soleil qui rejaillissait en spectres
infinis.

— Elle ne vous plaît pas ?

Incapable de penser quoi que ce soit, fascinée, elle
hocha simplement la tête.

— Vous vous rappellerez que mon cœur a sa dureté...
mais qu'il en a aussi l'éclat, railla-t-il.

— Comme vous êtes étrange, balbutia-t-elle enfin.

— Tendez-moi votre main.

Bien que la position fût inconfortable, il lui passa
l'anneau, qui résista à peine à la troisième phalange. Il
épousait parfaitement le tour de son doigt.

— Tu es liée à moi, maintenant. Tu n'as plus le droit
de te refuser à l'amour.

Son cœur était dans un tel état de débordement qu'elle
lui donna raison sans saisir la portée de ses paroles.

Pour couper court à l'émotion, il s'enquit avec un clin
d'œil, alors qu'il empruntait une sortie qui les ramenait
vers l'aéroport :

— Alors ? Paris sans escale ?

Elle lui couvrit la main de baisers :

— N'étiez-vous pas pressé de rencontrer mon père ?

— Beaucoup plus que de rencontrer mon imprésario !

Il fut convenu qu'une fois les formalités mises en route, il ferait, de Paris, un rapide saut à New York. Armelle lui assura qu'elle s'occuperait, pendant ce temps, de distraire Carlos de sa mélancolie.

— Je suis sûre qu'il n'aura pas besoin de moi très longtemps.

— Ah bon ?

— Il est si beau, proclama-t-elle. Plus d'une Parisienne s'emploiera à évincer le souvenir d'Irène !

— Comment avez-vous pu remarquer que mon frère était beau ? s'offusqua-t-il.

— Mais… Tout le monde l'a remarqué.

— Je vous pardonne pour cette fois, mais je vous interdis de regarder les autres hommes. Compris ?

Il pointait vers elle un doigt menaçant.

Elle rejeta ses cheveux en arrière et éclata de rire.

CHAPITRE IX

Pepe avait endossé une chemise propre, des espadrilles presque neuves. Il avait troqué le traditionnel bonnet tricoté des Indiens quechas contre une casquette grise, qu'il tournait entre ses mains nerveuses. Une réelle fierté se lisait dans ses yeux.

— Quel âge as-tu ? lui demanda le chef du personnel.

— Dix-sept ans.

— As-tu déjà travaillé ?

— Oh oui, *Señor*. Mais jamais dans une place comme celle-ci.

— Tu veux dire que tu étais journalier ; tu n'as jamais eu d'emploi stable ?

Pepe baissa les yeux :

— Oui, c'est cela.

Puis il releva son regard déterminé sur le Créole qui siégeait d'un air important derrière le bureau administratif :

— C'est parce que je n'avais rien trouvé d'autre. Mais moi, je ne suis pas instable. J'espère vous donner satisfaction et pouvoir rester dans vos services.

— Je l'espère aussi pour toi, mon garçon, fit l'homme avec un sourire du bout des lèvres. L'administration offre de belles garanties à ceux qui savent la servir. Tu es jeune. En gravissant un échelon tous les cinq ans, tu termineras avec une bonne situation.

Il feuilleta distraitement le dossier sur lequel il était auparavant accoudé :

— Tu nous es recommandé par... Lorenzo da Ciudad. Un ami à toi ?

L'adolescent acquiesça, le visage illuminé de reconnaissance.

— Un artiste ! reprit l'autre avec un peu de dédain dans la voix. Je pense qu'il t'a prévenu : notre règlement est rigoureux ; nous n'acceptons pas les bohèmes.

— Je suis sérieux dans mon travail, Señor, déclara dignement le jeune Quecha.

— C'est ton intérêt. Tu es originaire de... de Cuzco, je vois. Pour commencer, nous te posterons devant les casiers qui concernent ta région. Quand tu auras acquis une certaine pratique, tu t'occuperas du courrier de la capitale.

Pepe était sur des charbons ardents. Il avait une conscience aiguë des nouvelles responsabilités qui lui incombaient. Des milliers de lettres allaient lui passer entre les mains, que des milliers de gens attendaient. C'était comme si des milliers de gens lui faisaient confiance.

Il quitta le bureau de l'administrateur, traversa les hangars de l'aéroport du Callao pour gagner le service de tri. Son esprit s'animait. Il ne pouvait s'empêcher de songer à la paye, qui tomberait régulièrement à la fin de chaque mois. Et puis, il ne ferait pas comme son père, qui avait travaillé toute sa vie pour seulement nourrir sa famille. Lui, quand il se marierait, il pourrait offrir à sa femme des robes coquettes, à ses enfants une éducation décente ; et, qui sait ? peut-être même le confort, un réfrigérateur, avec tous ces nouveaux crédits qu'importaient les Américains...

Sans Pepe, la missive d'Edith Jourdain n'aurait eu aucune chance de parvenir à Lorenzo avant son départ. Elle arriva par avion cette nuit-là. Elle était adressée à l'hacienda d'Ayacucho. Pepe n'aurait pas remarqué le nom du destinataire si, à l'instant précis où il classait d'une main déjà rapide ce paquet-là, un collègue ne l'avait interrompu :

— Viens prendre une bière avec nous.

Il avait hésité, de crainte de le vexer. Puis, tout compte fait, avait conclu qu'il était plus important pour lui de se montrer consciencieux :

— Dans quelques jours, je ne te refuserai pas. Mais pour l'instant... regarde ce tas de lettres ! Si je m'arrête, je n'en sortirai jamais.

Son collègue avait haussé les épaules sans insister et Pepe avait, de nouveau, baissé les yeux vers ses enveloppes.

Le nom de Lorenzo da Ciudad lui sauta aux yeux.

Liliane, anxieuse de la santé d'Edith, avait fait l'impossible pour que la lettre partît aussitôt rédigée. Elle s'était rendue au service postal de Roissy, avait contacté une hôtesse et, bien qu'on lui eût affirmé que c'était inutile, avait marqué URGENT, en grosses lettres rouges, en travers de l'enveloppe.

Pensif, Pepe retourna le pli. La personne qui envoyait cette lettre ne savait pas que son destinataire n'habitait plus l'hacienda. Un cas de conscience se posait : s'il lui laissait suivre la filière dans laquelle elle était engagée, la lettre arriverait à Ayacucho le lendemain, les sœurs de Lorenzo la renverraient sur Lima, où elle passerait par un nouveau centre de tri avant d'atteindre San Isidro.

Son instinct et l'affection qu'il portait au guitariste lui disaient que le message était réellement urgent, et peut-être grave. Après s'être assuré que ses collègues des pupitres voisins étaient absorbés dans leur bière ou leur travail, il enfouit le papier bruissant dans sa poche. A la fin du service, il ferait un détour par San Isidro. Cela lui coûterait un billet de car supplémentaire, mais ne devait-il pas ce mince sacrifice à celui qui ne cessait d'aider sa famille, et tant d'autres familles quechas ?

Il vint sonner à la grille à huit heures moins le quart. Démoralisée, Irène faisait pour la dernière fois le tour du

parc. Contrainte par les deux frères de boucler ses valises
et de quitter les lieux, elle s'était exécutée la rage au cœur,
méditant une vengeance qu'elle ne savait comment
accomplir. Parler à Armelle ? La mettre en garde contre
Lorenzo ? Lui dire qu'il était... volage ? Sa rivale ne la
croirait pas. Cette fille était aveuglée par son amour et la
calomnie glisserait sur elle sans l'atteindre. Il aurait fallu
une preuve à Irène pour étayer ses révélations.

Un app.i la détourna momentanément de ses soucis.
Elle passait à proximité de la grille et aperçut un de ces
quémandeurs miséreux que Lorenzo avait la manie de
recevoir. Elle allait passer son chemin quand elle remarqua la lettre, brandie à bout de bras. Elle s'avança vers
l'Indien :

— C'est pour Lorenzo, annonça-t-il. J'ai sonné, mais le
gardien ne répond pas. Vous pourrez la lui remettre ?

— Naturellement, fit la jeune fille avec un mépris
évident.

Elle prit l'enveloppe du bout des doigts, comme si elle
craignait de se salir, et se dirigea sans remercier vers le
manoir.

Le bonheur était aussi éprouvant pour les nerfs que le
désespoir. C'est ce que pensait Armelle en virant de
gauche à droite dans son lit. Deux nuits blanches
consécutives ! Où donc cette excitation qui lui vrillait le
ventre prenait-elle son énergie ?

Demain, à la même heure, elle survolerait l'Atlantique.

— Nous allons enfin dormir ensemble, lui avait perfi-
dement glissé Lorenzo devant le guichet de l'aéroport.

Elle avait attendu que l'hôtesse s'éloignât pour le
tancer, les yeux brillants :

— Vous ne vous lasserez donc jamais ?

— Jamais, je le jure.

— Laissez-moi au moins un répit jusqu'à notre
mariage ?

— Requête rejetée. Je ne te laisserai aucun répit.

Elle avait plaqué la main devant sa bouche pour étouffer un rire.

Demain, Roissy, Paris ! Elle retrouverait son appartement, sa chambre de jeune fille, son père... à mille lieues de l'inquiétante Irène. Et, pourquoi pas ? elle obtiendrait enfin des confidences de Lorenzo. Sa langue se délierait peut-être dans le boeing. L'éloignement, le voyage pourraient provoquer ce miracle.

Elle poussa un petit cri, appuyé d'une grimace. A gigoter en tous sens, elle ne cessait de s'égratigner avec sa bague. Mais elle n'avait pu se résoudre à la quitter, même pour la nuit. Ce fabuleux diamant à son annulaire était le lien tangible, presque vivant, qui l'unissait à Lorenzo par-delà les distances, et par-delà le temps. Aucune inquiétude, aucune méfiance ne pouvait y survivre. Même s'il voulait encore lui cacher quelques frasques de sa vie passée, elle ne lui en tenait plus rigueur. Du bout du pouce, elle fit rouler à son doigt l'étincelant témoignage d'un amour indestructible.

— Il ne s'est pas moqué de toi ! s'était extasiée Martine.

Non, il ne s'était pas moqué d'elle, mais elle ne l'entendait pas dans le même sens.

Nicole lui avait sauté au cou :

— Ma chérie ! Que je suis heureuse pour toi ! Je pense que, maintenant, tu n'as plus de doute sur la sincérité de ses sentiments ?

— Aucun ! Je ne sais combien de temps cela durera mais, pour l'instant, il ne cherche qu'à me faire plaisir. Il a accepté de se marier à Paris.

— Ton père sera ravi ! Quand partez-vous ?

— Demain.

— Quelle impatience, avait plaisanté Martine. Tâche de ne pas trop bousculer les dates, que nous soyons de retour pour la cérémonie !

— Promis.

Jean-Pierre et Marc l'avaient aussi congratulée, et taquinée :

— Alors, tu te désintéresses complètement du Pérou ?
Nous ne pouvons compter sur toi pour aucune excursion ?

— C'est vous qui feriez mieux de vous reposer et de
garder quelques coins inexplorés pour les vacances pro-
chaines.

— Tu comptes nous inviter ?

— Cela va de soi. A moins que Lorenzo ne donne une
série de concerts à l'autre bout du monde !

— Ah, tu vois bien ! s'était esclaffé Marc, tu te dédis
déjà ! Mieux vaut profiter de ce séjour-ci pour parcourir la
côte.

— C'est votre prochain itinéraire ?

— Oui, nous prenons le car demain matin aux aurores.

— Inutile de te réveiller pour nous faire des adieux
déchirants, précisa Martine. Nous te laisserons dormir, et
embrasse Paris de notre part.

« Il se pourrait que je n'aie pas encore fermé l'œil quand
ils partiront ! » constata Armelle. Il était deux heures du
matin. Pour s'apaiser, elle s'était plongée dans un roman
d'aventures, en fumant une cigarette. Dès les premières
pages, l'intrigue la captiva. Elle risquait fort de ne pouvoir
s'arrêter avant la fin !

Elle écrasa sa cigarette dans le cendrier et s'enfonça
davantage sous les draps.

Quand Irène vint frapper à sa porte, elle s'était assoupie
sans éteindre la lumière.

— Ouvrez-moi, c'est Irène. Je dois vous parler.

— Que voulait-elle ? Elle aurait pu au moins se faire
annoncer par téléphone.

— Attendez-moi au salon, maugréa Armelle. Je vous
rejoins.

— Il s'agit d'une affaire délicate, et personnelle. Nous
serons plus à l'aise dans votre chambre.

— Très bien.

Elle enfila par-dessus son pyjama un peignoir en
éponge, fit un détour par la salle de bains pour s'assurer
que son teint n'était pas altéré par la fatigue. L'enthousiasme la maintenait fraîche et rose. Elle brossa rapide-

ent ses cheveux qui reprirent aussitôt leurs vagues
yeuses.

La panique s'empara d'elle juste au moment où elle
osait la main sur la poignée de la porte. Alors, elle
taque la première, avec une agressivité justifiée par
angoisse :

— Si vous cherchez un emploi, ce n'est pas à moi qu'il
ut vous adresser.

La jeune fille était vêtue d'un pantalon grège et d'un
azer de toile noire sur lequel ses cheveux lisses se
pandaient comme un rayon de miel.

Elle sourit tristement. Armelle aperçut dans ses yeux la
illance d'une larme. Elle se reprocha sa brusquerie.
ène n'était pas venue la provoquer, mais lui faire part
une déception :

— Vous êtes jalouse de moi, fit-elle d'un ton accablé en
laissant choir dans un fauteuil.

— N... non, mentit Armelle. Aurais-je des raisons de
tre ?

Irène hésita, puis reprit, après un regard à la dérobée et
a profond soupir :

— Lorenzo ne vous a pas caché la nature de nos
lations...

Armelle avisa le paquet de cigarettes sur sa table de
uit. Elle n'avait pas l'habitude de fumer au réveil avant le
fé. Pour se donner bonne contenance et le temps de
ûrir sa réponse, elle se rabattit sur le téléphone et
ommanda deux déjeuners.

Revenant vers Irène comme si elle avait perdu le fil de
ur conversation, elle s'enquit :

— Vous disiez ?

— Que Lorenzo vous avait sûrement informé...

— Ah oui, fit-elle avec aplomb, que vous étiez sa
aîtresse.

— Il... vous l'a dit ? s'exclama la jeune femme interlo-
uée.

— Il n'avait aucune raison de me le taire. Il s'agit d'une
stoire ancienne.

— Il me simplifie la tâche...

La voix d'Irène, songeuse, se réduisait à un murmur

— Je ne m'attendais pas à une telle... franchise, de part.

— Il n'a peut-être jamais eu envie de se confier à voi rétorqua Armelle, agacée et impatiente de reprend l'avantage. Notre position n'est pas identique : vous éti sa maîtresse, je vais être son épouse.

Un rire méchant cingla l'air :

— Ne vous faites pas trop d'illusion tant que vous portez pas l'alliance ! A moi aussi, autrefois, il av promis le mariage.

— Je ne vous crois pas ! lança Armelle, qui blêm

— Quand ce cher Lorenzo vous abandonnera pour u autre, et que vous souffrirez ce que je souffre en moment, vous me croirez, mais il sera trop tard !

— Je n'ai aucun goût pour l'anticipation.

— Il est des hommes dont les agissements se répète avec une analogie désespérante, tout au long de leur v On peut alors présumer du futur sans risque d'erreur

— Vous deviez très mal l'aimer, pour le méconnaître ce point ! Lorenzo est fantasque, il est différent d'un jo à l'autre, il ne cesse de changer !

— C'est l'impression qu'il donne, en effet, à l'intérie d'un scénario très bien élaboré, dont il ne s'écarte p d'un pouce.

La porte de l'ascenseur grinça sur le palier. La femi de chambre apportait les déjeuners. Armelle en prof pour bouger. En se dirigeant vers la porte, elle lança pi dessus son épaule, d'un ton légèrement méprisant :

— Quel scénario ?

Elle prit la plateau des mains de la soubrette et déposa sur la table basse :

— Café noir ? Ou prendrez-vous un peu de lait ?

— Juste du café pour vous accompagner.

Armelle se versa personnellement une tasse pleine, entreprit de se beurrer une tartine en maîtrisant tremblement de ses doigts. Elle eut un rire nerveu

— Amusant, ce déjeuner qui nous réunit ! Si nous
evions y inviter toutes les conquêtes de mon futur mari,
a pièce n'y suffirait pas. C'est ce que vous êtes venue
n'apprendre ?

— Non, fit Irène avec une expression tragique.

Ses prunelles grises lui dévoraient le visage.

— Je suis simplement venue vous prévenir de la
éception qui vous attend. Je n'ai pas entrepris cette
émarche de gaieté de cœur.

— Personne ne vous y obligeait. Vous pouviez vous en
ispenser.

— La pitié...

— Je n'ai que faire de votre pitié ! explosa-t-elle.

Le café déborda de la tasse qu'elle avait violemment
ecouée et vint maculer son peignoir. Elle contourna de
index la tache qui s'élargissait, mais ne se leva pas, de
eur de provoquer un autre désastre. Irène resta impas-
ble :

— Vous aimez Lorenzo, et Lorenzo vous aime, passa-
èrement mais sincèrement. Quand on est heureux, on ne
roit pas avoir besoin de pitié et, surtout, on n'a de pitié
our personne. J'ai vécu cela il y a huit ans, quand j'ai
upplanté ma rivale dans le cœur de Lorenzo.

— Huit ans ! Vous vivez depuis huit ans...

— Ensemble, acheva Irène en se délectant du trouble
e son interlocutrice.

Elle n'attendit pas d'être interrogée et enchaîna :

— Huit ans... par intermittence, car depuis que j'ai
essé de lui plaire, il n'a rien inventé de mieux, pour se
ébarrasser de moi, que me précipiter dans les bras de
arlos. Plus exactement, il a précipité Carlos dans mon
t. Il a rendu malade ce pauvre garçon, qui s'est vite
perçu que je ne lui portais qu'une tendresse fraternelle.

— C'est monstrueux ! suffoqua Armelle. Vous ne me
rez pas croire ces horreurs ! Lorenzo m'a donné une
ersion tout à fait différente !

— Cela vous étonne ?

Irène lui offrit un visage d'une impressionnante can-

deur. Ses yeux angéliques se fixèrent droit dans ses yeu
Un seul de ses sourcils épilés en arc parfait frémit un peu

— Vous a-t-il également raconté comment nous avo:
fait connaissance ?

— Non, reconnut-elle, et je ne tiens pas à l'apprend
de vous.

Elle ne pouvait s'empêcher de regarder ses lèvr
épaisses, hypnotisée autant par leur consistance que p
les mots qui s'en déversaient. La bouche charnue vena
d'esquisser un sourire d'agréable soulagement :

— Je me suis trouvée à l'époque dans la mêr
situation que vous aujourd'hui. J'ai évincé ma rivale.
l'ai supplantée non seulement dans le cœur de Lorenz
mais aussi dans sa maison... Nous n'avions pas enco
emménagé à San Isidro ; cela se passait à l'hacienda
Ayacucho, sur la route de Cuzco. Vous y a-t-il emmené

Prostrée, les épaules de plus en plus lourdes, elle
répondit pas. Irène était assez rusée pour en dédui
qu'elle n'y avait jamais mis les pieds :

— Il évite de vous présenter ses sœurs, cela se con
prend : elles sont plus bavardes que Carlos !

— Que gagnez-vous à colporter ainsi le malheu
balbutia la jeune fille, meurtrie. Vous parliez de pitié

— Ma pitié ne vous était pas destinée. Vous, vo
m'inspireriez plutôt de la haine.

— A qui l'était-elle ?

— A cette pauvre fille que Lorenzo a quittée pour me
autrefois. Elle attendait un enfant de lui.

— Vous mentez ! C'est trop ! Je ne peux pas vo
croire ! hurla-t-elle, les deux mains crispées dans l
cheveux. Sortez d'ici !

Irène, très sûre d'elle, s'était levée à son tour. E
extirpa de la poche de son pantalon un feuillet froiss

— Inutile de vous emporter contre moi. J'ai la preu
formelle de ce que j'avance. Lisez plutôt ceci.

Les yeux hagards, brouillés de larmes, Armelle parco
rut le libellé de l'enveloppe, sans y toucher :

— Comment êtes-vous en possession de son courrier !
s'insurgea-t-elle, déchirée de colère et de douleur.

— Je l'ai ramassé dans la corbeille à papier, annonça
froidement la secrétaire congédiée.

— Vous fouillez ses poubelles...

— Euh... oui..., dans l'intention de lui rendre service.
J'ai aperçu cette enveloppe froissée, non détachée, et j'ai
cru à une méprise. Mais quand j'ai lu au verso le nom de
l'expéditeur, j'ai deviné ce qui lui avait valu d'être jetée au
rebut. Lorenzo n'avait pas daigné l'ouvrir. Le nom
d'Edith Jourdain a d'abord excité ma jalousie. L'avait-il
revue en cachette alors qu'il me jurait fidélité ? Se
débarrassait-il définitivement d'elle seulement maintenant, à cause de vous ? Ma curiosité l'emporta.

— Gardez votre curiosité malsaine. Je ne me ferai pas
complice de votre indiscrétion.

— Je vais vous y obliger, dit Irène avec une calme
fermeté. Cette lettre émane d'une femme désespérée, à
l'orée de la mort, et qui supplie Lorenzo, huit ans après,
de reconnaître enfin son enfant, pour lui éviter l'assistance
publique.

Armelle lui arracha le feuillet des mains. Elle le
défroissa. Son sang se figea dans ses veines dès le début de
sa lecture :

« A l'attention de Monsieur Lorenzo da Ciudad... »

L'en-tête était volontairement impersonnelle. Edith
avait longuement mûri la formule de politesse à
employer : « Cher Monsieur », « Cher Lorenzo » ? Ce qui
lui avait paru le plus dérisoire, c'était de se situer par
rapport à lui, au cas où il l'aurait totalement oubliée. Elle
lui rappelait dans les termes les plus mesurés la naissance
de Maria, à Lima.

Puis, tout à coup, elle avait quitté sa réserve. Elle avait
ravalé sa salive brûlante, s'était redressée sur son oreiller,
les yeux agrandis par la fièvre, elle avait dit à Liliane : « Je
sais, maintenant, ce que signifie pardonner. » Elle avait
laissé son cœur de mère s'exprimer :

« Vous seul, Lorenzo, pouvez éviter l'orphelinat à Maria. *Cher* Lorenzo... »

L'épithète, à la fin de sa missive, était montée du plus profond de sa détresse :

« Cher Lorenzo, venez pendant que je suis encore vivante pour consentir à son expatriement. C'est-à-dire le plus vite possible... »

Elle s'était arrêtée, exténuée, des gouttes de sueur perlant à son front et avait souri à son infirmière, lui demandant d'ajouter, pour terminer :

« Maria vous ressemble. Edith. »

Armelle avait les larmes aux yeux. Elle ne pouvait être victime d'une machination : Même en s'y appliquant, Irène était incapable d'écrire une lettre aussi émouvante.

Mais Lorenzo da Ciudad, son tendre Lorenzo, avait-il été capable, à un moment de sa vie, d'une telle ignominie ?

« Irène est une faute grave dans la vie de quelqu'un qui n'existe plus », lui avait-il confessé. Pensait-il alors à Edith, chassée du Pérou avec son bébé ?

Il s'était montré si différent, si doux avec elle... mais aussi trop empressé ; elle avait dû plus d'une fois repousser ses avances.

Si ce crime pesait sur sa conscience, il l'aurait racheté en épousant la mère de son enfant. Alors, il aurait pu proclamer, la tête haute : « Je suis un autre homme, l'autre *n'existe plus*... » Non seulement il ne l'avait pas fait, mais il jetait sans les lire les papiers dérangeants qui lui rappelaient son funeste passé.

— Vous me croyez, maintenant ? la pressa Irène triomphante.

Ce brusque rappel à la réalité la fit sursauter. Elle examina sa chambre, les meubles ; Irène, les babines légèrement retroussées, qui lui fit penser à une Diane à l'affût du gibier.

— Je voudrais en avoir confirmation. Je vais appeler l'hôpital.

— Faites donc, railla l'autre en lui indiquant le téléphone.

L'enveloppe portait le cachet de l'Hôtel-Dieu. Elle en indiqua le numéro au réceptionniste, qui la prévint d'une attente d'un quart d'heure.

— Si vous voulez bien me laisser, j'aimerais me changer, annonça-t-elle sèchement.

— Vous n'avez tout de même pas l'intention d'interroger une mourante ?

— Vous, vous le feriez, lui jeta-t-elle en scrutant son visage avec un hautain mépris. Je vais seulement m'assurer qu'il existe bien une Edith Jourdain hospitalisée à cette adresse.

— Et ensuite, que comptez-vous faire ?

— Ne plus vous revoir.

Elle lui avait ouvert la porte. Elle la poussa dehors ; ce simple contact lui répugnait.

Elle s'enferma à double tour et vint, l'esprit vide, se poster devant l'appareil. Le silence était insupportable. Elle guettait le récepteur, l'œil morne, comme si son regard allait déclencher la sonnerie. L'attente n'en finissait pas.

Elle commença à dénouer son peignoir, sans passer par la salle de bains pour ne pas s'éloigner. Elle enfila, sans leur prêter attention, les mêmes vêtements que la veille.

Au bout de vingt minutes, au premier tintement, elle se précipita :

— Vous avez Paris, lui annonça l'opérateur.

— Allô ? L'Hôtel-Dieu ? Pouvez-vous me passer le service où se trouve une de vos patientes, Edith Jourdain... Mme Jourdain, c'est cela.

Elle dut patienter de nouveau. De l'autre côté de l'Océan, quelqu'un parcourait des registres. Son cœur s'emballa. « Mon Dieu, faites qu'elle n'existe pas ! » se surprit-elle à prier.

— ... Ne quittez pas, je vous la passe, annonça soudain la secrétaire.

— Non ! Pas elle...

Le « non » était sorti de sa gorge comme un cri rauque.

— Je vous passe le service, corrigea la voix aimable. Mlle Jourdain est aux urgences, on ne peut plus la contacter personnellement de l'extérieur.

— Mademoiselle...

Sa correspondante avait repris la ligne. Un grésillement, puis une sonnerie sourde la prévint qu'on la dirigeait sur un autre bureau.

Armelle avait bien entendu « Mlle Jourdain ». Le prénom n'avait pas été précisé, et « mademoiselle » s'adressait mal à une mère de famille. S'il se pouvait qu'une étrange coïncidence... « Oh, mon Dieu, mon Dieu », gémit-elle.

— Allô ?

Cette fois, le ton était sec. Il trahissait un caractère plutôt revêche.

— Je voudrais prendre des nouvelles de Mme Edith Jourdain.

— Vous voulez dire Mlle Jourdain, répliqua l'infirmière en chef implacable.

— C'est-à-dire... articula Armelle, glacée... Il s'agit bien d'une femme qui a une petite fille de huit ans ?

— En effet.

— Une petite fille brune, s'enhardit-elle très vite.

— Oui, le type arabe.

Le terme était lancé avec un mépris si fielleux que la jeune fille en resta sans voix, tandis qu'à l'autre bout du fil l'infirmière trancha :

— Si c'est l'enfant qui vous intéresse, adressez-vous à l'assistance.

Armelle appuya de l'index sur le déclencheur pour couper la communication. Elle resta paralysée dans cette position, le récepteur toujours à son oreille, muet.

Une nouvelle sonnerie l'électrisa. Instinctivement, elle relâcha la pression de son index. Son sang ne fit qu'un tour : Lorenzo !... Mais non, il s'agissait du réception-

niste qui lui annonçait la fin de sa communication avec
Paris. Elle souffla et réagit immédiatement :

— S'il vous plaît, ne me passez plus personne. Dites
que je suis sortie.

CHAPITRE X

P<small>AR</small> une ironie du sort, le premier avion dans lequel elle trouva place s'envolait à destination de New York. Les passagers étaient appelés à rejoindre la salle d'embarquement quand elle prit son billet :

— Aurais-je le temps de faire enregistrer mes bagages ? s'enquit-elle, anxieuse.

— Pressez-vous, les soutes ne sont pas encore chargées.

Elle s'élança d'un guichet à l'autre. Essoufflée, les joues rouges, elle passa la douane en coup de vent. Depuis qu'elle avait arrêté sa décison, elle n'avait fait que courir. Les nerfs à fleur de peau, elle se dépensait sans compter, faisait trois pas quand un seul aurait suffi.

Elle redoutait le moment de l'immobilité forcée.

Quand tous les voyageurs furent installés dans le boeing, qu'aucun trafic ne vint plus la distraire de ses pensées, des larmes incontrôlables lui montèrent aux yeux.

Elle avait agi vite, pour s'interdire tout regret, devenu inutile. Mais le désespoir non plus n'avait aucune utilité et pourtant, il l'envahit jusqu'à la douleur physique.

Les moteurs vrombirent. L'appareil décolla. La nausée lui monta aux lèvres.

N'aurait-elle pas dû attendre Lorenzo ? Lui permettre au moins de se justifier ?... A quoi bon ? Il aurait menti. I était si fuyant. Il avait toujours opposé à ses questions une force d'inertie incroyable. Alors qu'elle avait cru rester sur ses gardes, elle s'était laissée berner avec une facilité dérisoire ! Avant-hier encore, après le dîner à San Isidro, elle s'obstinait à être méfiante ; elle se jurait de n'être pas prise au dépourvu si une rupture devait advenir.

Et maintenant, cette brisure soi-disant prévue était si subite que toute sa poitrine en était déchirée.

Comment se trouvait-elle dans cet avion, à survoler des archipels de rêve caressés par une mer d'émeraude ? Encore une fois, elle n'avait suivi que son impulsion. Elle avait commis l'irrémédiable, alors que de tout son être elle désirait revoir, toucher le visage aimé, pour le dernier adieu...

Elle avait bien fait. L'ayant devant elle, elle n'aurait pas su le repousser...

Oh, pleurer contre son épaule ! Entendre de sa bouche que tout cela n'était qu'un tissu de mensonges tramé par l'intrigante Irène !

A travers ses larmes, elle eut un sourire amer : Lorenzo aurait bientôt fait de la convaincre, avec d'autres mensonges distillés dans son esprit machiavélique.

S'était-il déjà présenté à la réception de l'hôtel ? Lui avait-on remis sa lettre ? Quelle expression prenait-il devant la défaite ?

« Merci pour ce charmant intermède qui a, je dois l'avouer, égayé mes vacances. Je me vois dans l'obligation de l'écourter car mon fiancé m'a priée ce matin de le rejoindre au Brésil. Adieu donc, et sans rancune. »

Elle n'avait pas eu la force d'en écrire davantage. Chez les impulsifs, la vengeance se consomme à chaud. La fureur s'était saisie d'elle tandis qu'elle bouclait ses bagages. L'arrogant da Ciudad avait fait trop de mal autour de lui. Au nom de toutes les femmes qu'il avait trompées, elle devait lui infliger un affront. Pour sauver l'honneur, elle ne trouva que cette piètre excuse, qu'il ne croirait sans doute pas.

Le seul ennui était la bague, qu'elle avait jointe à son

mot, dans un écrin de coton hydrophile. Si le réception
niste de l'hôtel s'avisait du trésor qu'il avait déposé dan
son casier, aurait-il la force de ne pas céder à la tentation
de s'en emparer ? Auquel cas, Lorenzo était capable de
croire qu'elle s'était enfuie avec le bijou... Il n'y avait pas
réellement de raison pour que cela se produise. Le
personnel de l'hôtel ne pouvait se douter du contenu de
l'enveloppe... Et puis, quelle qu'en fût la valeur mar
chande, elle n'arrivait pas à accorder d'importance à un
détail matériel.

Dans quel état de décomposition allait-elle débarquer
le lendemain, à Roissy, voilà qui la tourmentait davan
tage. Elle devrait veiller à ne pas alarmer son père. Se
confier à lui, mais ne pas laisser transparaître la profon
deur de sa détresse. Comme il serait pénible de lui faire
croire qu'elle était un tout petit peu triste, alors qu'elle
avait envie de mourir...

Elle se mordit la lèvre, se raidit. Elle n'avait plus le
droit, même en pensée, d'employer certains mots à la
légère. La mort, la véritable mort, celle contre laquelle la
lutte est vaine, elle ne l'avait jamais approchée d'aussi près
qu'à la lecture de l'appel désespéré d'Edith Jourdain

Armelle était encore enfant quand sa mère avait été
emportée par une maladie identique, un cancer généralisé
disent les médecins. Evidemment, sa mère lui avait
manqué, mais son père s'était montré si présent, si
attentif, si disponible malgré sa douleur, qu'elle avait
gardé de cette période le souvenir de l'affection dont elle
avait été entourée plus puissant que le souvenir de
l'affection dont elle avait été privée.

Il n'en serait pas de même pour la petite Maria, la fille
d'Edith Jourdain et de Lorenzo da Ciudad.

Le passage à New York la soulagea. Elle s'était
propulsée loin de tout. C'était une étape sur le chemin du
retour, qui marquait aussi une étape dans sa vie.

Une étape engage toujours à faire le point. A l'heure
actuelle, Lorenzo avait pris connaissance des pauvre

mots rédigés fébrilement ce matin. Il avait récupéré son diamant, sans doute. Etait-ce pour lui l'essentiel ?

Elle trouva une correspondance relativement rapide et s'endormit dès qu'elle eût pris place près d'un hublot.

Le remue-ménage provoqué par les hôtesses qui distribuèrent les plateaux du dîner lui firent à peine ouvrir l'œil. Elle refusa le repas et retomba dans sa léthargie à demi consciente.

La perspective de retrouver Paris atténua son chagrin. Le dénouement catastrophique de son aventure prenait d'autres dimensions : Si Lorenzo était un séducteur sans scrupule, il compenserait rapidement cet échec par de futures victoires. Mais... s'il avait été sincère, s'il l'aimait, s'il avait à lui fournir de sa conduite une explication valable, il saurait où la rejoindre.

Peut-être la situation pouvait-elle s'éclaircir ? Peut-être existait-il, dans cet imbroglio, une clef qu'elle ne possédait pas ?

L'espoir lui avait redonné des couleurs et un semblant de sourire quand elle se jeta dans les bras de son père :

— Ma biche ! s'exclama-t-il, stupéfait. Tu as écourté tes vacances ? Que se passe-t-il ?

Ses bonnes résolutions n'étaient qu'un leurre ; elle fondit en larmes :

— Ne t'inquiète pas... Une histoire stupide... Une petite déception sentimentale.

— Allons, n'essaye pas de tromper ton vieux père. S'il s'agit réellement d'une petite déception, tu es tout de même persuadée que c'est la plus grosse de ta vie.

Il lui tapotait l'épaule, tout en la tenant serrée contre son cœur. Elle hoqueta, ne pouvant plus endiguer le flot si longtemps retenu.

— Calme-toi, ma chérie, supplia-t-il. Nous sommes ridicules, tous les deux, plantés au milieu de l'entrée... Tes jambes t'ont portée jusqu'ici ; peux-tu encore marcher jusqu'au salon ou dois-je te prendre dans mes bras ?

Et, avant qu'elle ai pu protester, il la souleva de terre avec une vigueur étonnante pour son âge. Armelle se débattit mais il ne la lâcha pas, et force lui fut de rire au milieu des sanglots :

— Attention, je glisse... Je vais tomber.

— Tiens-toi tranquille ! A-t-on idée de gigoter ainsi ?

— Lâche-moi... Le médecin t'a interdit de faire des efforts.

Le nez rouge, les joues inondées, elle était secouée d'un rire convulsif qui la soulageait terriblement.

— Tu es légère comme une plume, prétexta M. Fleurance en la déposant dans un fauteuil... Voilà... De quoi as-tu envie ? Un baiser sur le front et un bon petit cognac. Le cognac d'abord ?

— Tu sais bien que je ne bois pas.

— Cela ne s'appelle pas boire mais se remonter, proclama-t-il d'un ton doctoral.

— Pas à huit heures du matin, renifla-t-elle. Fais-moi plutôt un café.

Il regarda sa montre en souriant :

— Ma proposition est tout à fait honnête si l'on tient compte que ton organisme ne s'est pas encore adapté au décalage horaire. A Lima, il est deux heures, l'heure du dernier verre.

— Quoi ! Tu portes l'heure du Pérou à ton poignet ?

— Bien obligé, sourit-il en haussant les épaules. Un père se doit de veiller sur sa fille, même à des milliers de kilomètres !

— Oh ! tu es merveilleux !...

Elle soupira, passa une main lasse derrière sa nuque :

— Si tu savais comme je suis contente de rentrer !

Elle se leva et bras dessus, bras dessous ils se dirigèrent vers la cuisine. Son père ne l'interrogerait pas. Il laisserait les confidences venir d'elles-mêmes. Il avait toujours agi ainsi mais, ce matin-là, elle en ressentit pour lui une admiration sans bornes.

Il avait gardé une silhouette jeune, les épaules carrées et l'estomac creux, mais au prix d'un régime qui, parfois, lui coûtait. Il soutenait à sa fille qu'il souhaitait se maintenir en forme jusqu'au jour de son mariage :

— Je veux que tu sois fière de moi lorsque je te conduirai à l'autel, lui disait-il parfois.

— Ne fais pas le modeste ! Je suis toujours fière de toi, et tu en es parfaitement conscient !

Il avait fondé leurs rapports sur la confiance mutuelle plutôt que sur l'autorité. Armelle était d'un caractère aimant, bien que peu docile, et ce système d'éducation lui avait été bénéfique. Devenue presque adulte, elle trouvait chez son père un conseiller affectueux autant qu'un complice toujours prêt à quelque gaminerie.

Il l'obligea à s'asseoir, inactive, et prépara le café avec sa minutie habituelle : philtre imbibé d'eau, grain moulu finement et mouillé au préalable, bouilloire frémissante. De temps en temps, il examinait sa fille sans parler, avec de bons yeux encourageants que les rides en pattes d'oie rendaient toujours rieurs.

Armelle s'était vidée de ses larmes, il ne lui restait plus que le désir de se raconter. Mais plus elle y pensait, plus son histoire lui paraissait saugrenue, incroyable. Aussi, après avoir cherché par où commencer, elle demanda :

— Crois-tu que l'on puisse vivre en une semaine ce que la plupart des gens vivent en plusieurs mois ?

Il hocha la tête, les paupières fermées, pour acquiescer, profondément convaincu.

Il lui prouvait là que beaucoup de mots étaient inutiles entre eux. Le début de son histoire, son père la connaissait déjà. Il suffisait d'en retracer la fin.

Elle fut écoutée sans interruption. Puis ils burent leur café en silence et, enfin, le verdict tomba :

— Tu ne t'en rends pas encore compte, mais tu as eu de la chance d'échapper à un tel homme.

Elle se révolta aussitôt :

— Je me suis mal exprimée ! Tu ne le connais pas ! Il voulait sincèrement m'épouser ! Nous devions arriver ici ensemble, pour te faire la surprise, t'annoncer nos fiançailles !... Il t'aimait avant de te connaître !

— Oui, dit-il, songeur... Je ne peux pas absoudre cette fille, Irène, qui t'a fait souffrir ; mais grâce à elle, nous évitons bien des désillusions. Me connaissant, je me serais, comme toi, laissé séduire par le charme de ton Lorenzo... Je l'aurais amèrement regretté par la suite, car il ne t'aurait certainement pas rendue heureuse.

— Ah ! Tu admets qu'il ne jouait pas la comédie avec moi, qu'il voulait m'épouser ! s'écria-t-elle, se raccrochant désespérément à un fait tangible.

— Bien sûr, il t'aime. Et si cela peut te consoler, il pâtit autant que toi.

— Mais alors ?

— Son amour ne valait pas cher, ma pauvre biche, même si ses bagues étaient hors de prix !... Non, sois fière, redresse la tête, tu mérites mieux !

Elle se remit à sangloter avec frénésie en s'élançant à ses genoux :

— Oh non, papa ! Tu le juges sans même l'avoir entendu !

— Ecoute, ma petite fille, si je suis injuste, l'avenir nous l'apprendra bientôt. Pour l'instant, je ne veux pas que tu te confines dans le chagrin. Toutes les expériences humaines sont positives... Tu vois, tu m'obliges à m'exprimer comme un vieux birbe !

— Que pourrais-je tirer de positif quand je suis réduite à néant ?

— Je ne sais pas, moi... Mais il me semble que... Cette pauvre femme, Edith, et sa petite fille, ne peut-on rien faire pour elles ?

Les idées confuses, le cœur en déroute, Armelle ne pouvait rien envisager. Au bout d'un temps, son père suggéra :

— Tiens, si tu allais acheter une poupée, que tu déposerais pour elle à l'Assistance... Il me semble que parcourir les magasins de jouets et donner un soupçon de joie à une enfant inconnue, cela pourrait t'aider à surmonter ta peine, au début. Ensuite il faudra t'étourdir, battre le rappel chez tes anciens galants. Si nous lancions dès maintenant quelques invitations ?

— Non, je t'en prie, attends un peu... Attends que
ie choisi la poupée.

Armelle resta ainsi, la tête sur les genoux de son père,
aisée par sa main tranquille qui lui caressait les
eveux, jusqu'à ce qu'elle sentît l'engourdissement
gner ses membres.

Les paupières closes, elle murmura :

— Mmm... Je dormirais bien sur le carrelage de la
isine...

CHAPITRE XI

— **A** propos... On m'
appelée du Pérou pour prendre des nouvelles de votr
protégée, ou de sa fille, je ne sais.

Liliane, ébahie, les yeux agrandis d'espérance, fix
l'infirmière en chef :

— Un homme a téléphoné ?

— Non, une femme. Elle ne s'est d'ailleurs pas fa
connaître, et la conversation a été des plus succintes. J
l'ai dirigée, pour plus amples renseignements, sur l'Assi
tance publique.

— Mais qu'a-t-elle dit ? Qu'a-t-elle demandé ?

La surveillante la toisa, puis, se vrillant la tempe ave
un sourire découragé :

— Vous êtes folle, de vous enflammer ainsi, ma pauvr
fille ! Estimez-vous heureuse que je vous informe de c
appel qui, à mon sens, n'a aucune signification.

Liliane comprit que l'intermède était clos. Elle n'ob
tiendrait rien en questionnant sa supérieure, car celle-
disait tout ce qu'elle savait. Malgré sa voix cassante et se
airs revêches, on pouvait lui faire confiance. Pour l'infi
mière, c'était une découverte récente, et étonnant
qu'elle avait aussitôt mise à profit. Finalement, ur
grande sensibilité se cachait sous son enveloppe acariâtr

La lettre était donc parvenue à son destinataire. Et u
femme s'était inquiétée d'Edith et de Maria... Lorenz
s'était-il marié ? Ou bien s'agissait-il d'une de ses maîtr

.. une femme jalouse, qui s'assurerait que la mourante
peut plus nuire... Elle aurait intercepté la lettre...
.ectrice passionnée de romans policiers, l'infirmière
 prompte à échafauder une intrigue. Bientôt, l'esprit
ité par ses propres élucubrations, elle voulut en avoir le
ur net. Elle s'enferma dans la salle de préparations,
rocha la téléphone, composa le 12 et demanda les
seignements internationaux.

— Je voudrais le numéro de M. Lorenzo da Ciudad, à
icucho, au Pérou, s'il vous plaît.

— Il faut prévoir une attente d'une demi-heure, trois
rts d'heure, répondit l'opératrice. A quel numéro
s-je vous rappeler ?

Elle préféra donner le numéro du standard, et prévint la
étaire, à la réception, de noter les renseignements
on lui communiquerait.

Deux urgences étaient arrivées cette nuit à son ser-
:... Elle venait de perdre de précieuses minutes au
phone, celles qu'elle consacrait habituellement à
h.

Elle passa quand même par la chambre 112. Exsangue,
eune malade dormait, les cheveux plaqués sur le front,
bouche légèrement entrouverte sur une respiration
hée.

 Les médecins nous mentent, elle n'a plus un mois à
e », songea son infirmière. Elle fut alors convaincue
elle ne commettrait pas d'impair en contactant da
dad. Il fallait précipiter les événements.

Elle eut cependant une nouvelle hésitation lorsque la
eptionniste la rappela : Il n'existait pas de da Ciudad à
icucho, mais un L. da Ciudad à San Isidro. Etait-ce la
ne personne ? Un riche propriétaire, qui habite une
ienda au milieu de son exploitation cotonnière peut-il
nénager ?

A tout hasard, en quittant son travail, en fin d'après-
i, elle s'arrêta à la poste et demanda la communica-
.

Quand la sonnerie se fit entendre, elle réalisa qu'elle ne

parlait pas un mot d'espagnol. Son correspondant déc◆
cha avant qu'elle ait pu se raviser :

— Allô ?

— Euh... Francia... Habla Francès ?

— Oui, fit une voix dont la jeunesse la surprit.

— Etes-vous monsieur Lorenzo da Ciudad ?

— En effet. C'est à quel sujet ?

Liliane poussa un soupir de soulagement bientôt su◆
d'une panique extrême :

— Voilà... Vous avez reçu récemment une lettr◆

— Armelle ? coupa-t-il d'un ton volontairem◆
neutre.

Elle ne répondit pas, ayant mal entendu, et encha◆
d'une traite :

— Il s'agit d'Edith Jourdain, elle vous a écrit réc◆
ment. S'il vous plaît ne raccrochez pas, je voudrais v◆
entretenir d'elle...

— Pouvez-vous me répéter le nom ?

— Edith Jourdain.

Lorenzo était assis sur le lit, dans son appartement s◆
les combles, à la place même où Armelle s'était débatt◆
fuyant ses caresses et sa passion. Les coudes sur ◆
genoux, la joue appuyée contre sa main qui tenai◆
récepteur, il regardait le clavier du piano d'un air mor◆
Ses yeux d'ambre avaient perdu l'éclat qui fascinait ◆
femmes.

Edith Jourdain. Il fouilla sa mémoire. Ce nom n'a◆
pas des sonorités inconnues... Il lui rappelait vaguem◆
quelque chose, mais pas quelqu'un :

— Qui est-ce ? s'enquit-il machinalement.

Liliane crut suffoquer. Quel cynisme ! Cet homme é◆
bien aussi abject qu'Edith l'avait dépeint. Elle fit eff◆
pour garder son sang-froid. Il ne fallait surtout pas q◆
raccroche :

— Edith Jourdain, articula-t-elle pour la troisième f◆
Elle vous a expédié une lettre...

— Ah ? Je ne l'ai pas reçue.

— Sans doute n'y avez-vous pas prêté attention, m◆

ur, railla l'infirmière d'une voix suave… Mais nous, à
ôpital, nous avons reçu un appel du Pérou qui pouvait
rapporter à… à cette lettre. C'est la raison pour laquelle
me suis permis de vous déranger.

A Paris, elle s'embrouillait dans ses explications.

A San Isidro, il sortit de son indifférence. Les sourcils
ncés dans un pénible effort d'attention, il la pria de
xprimer plus clairement.

Liliane recouvra son calme après une longue inspira-
n. Le moment était venu d'éprouver ses talents de
ective. Elle avait pourtant envisagé que le courrier pût
e intercepté ; mais l'émotion, quand elle avait obtenu
a correspondant, lui avait fait perdre le fil de ses
luctions. Da Ciudad paraissait patient. Tant pis pour
a porte-monnaie et les unités qui s'additionnaient,
eux valait reprendre le récit au début :

— Mlle Jourdain a été votre amie, autrefois. Vous devez
us en souvenir : elle a eu une petite fille.

— Comment ? ! l'entendit-elle s'étouffer. Vous vous
prenez ! C'est une erreur, je vous assure…

— Oh, monsieur, je vous en prie. Edith est mourante.
suis son infirmière et je puis vous assurer qu'elle n'a
s beaucoup de jours devant elle. Sa fille doit être prise
charge par l'Assistance. Elle vous demandait de sauver
a enfant de l'orphelinat !

Touché par une illumination atroce, Lorenzo se leva du
comme un ressort :

— Edith ?… Une jeune fille blonde avec des cheveux
gnifiques et le regard perdu ?

— Oui, acquiesça-t-elle avec un accent de dégoût
épressible.

— Vous dites qu'elle aurait eu un enfant de… de m…
est insensé !

Le mépris qu'inspire certains hommes produit physi-
ement l'envie de vomir. Un goût amer emplit la bouche
la jeune femme. Prise de vertige, elle s'apprêta à
crocher mais lui jeta auparavant, d'un ton glacial :

— Vous deviez le savoir, elle était enceinte lorsq
vous vous êtes séparés.

— Elle racontait cela dans la lettre ? s'enquit aussi
son interlocuteur.

— Oui, elle vous suppliait de reconnaître son enfa
lança-t-elle, furieuse. Son état s'aggrave d'heure en heu
elle aura peut-être fermé les yeux ce soir...

L'image d'Edith décharnée gisant sur le lit l'afflig
tellement que sa rage se mua en prière :

— Si au moins vous pouviez venir à Paris, monsieu
Au moins lui faire croire que vous vous occuperez
l'enfant... Même si vous n'en avez pas l'intention... M
au moins la réconforter, monsieur... Qu'elle ne meure ¡
comme ça...

— Où est-elle ?

— A l'Hôtel-Dieu.

— Rassurez-vous, j'arriverai par le premier avic
Attendez... Je ne voudrais pas abuser, mais j'ai quelqu
questions personnelles à vous poser. Préférez-vous que
vous rappelle ?

— Non, je n'ai pas le téléphone à mon domicile. M
je vous en prie...

Elle se mordit la lèvre, consciente du sacrifice financ
qu'elle était en train de s'imposer.

Elle perçut un murmure, quelques mots en lang
étrangère, d'une voix inaudible devenue étrange. C'é
tout à coup la voix d'un homme brisé.

Il se racla la gorge :

— Donnez-moi quelques précisions au sujet de ce
lettre.

— Je l'ai remise personnellement, le 8 à midi, à ι
hôtesse de Jet-Tours en partance pour Lima. Je lui er
expliqué l'urgence, et elle a accepté de s'en charger.

— Et... cette personne qui vous appelée à l'hôpit
Que vous a-t-elle demandé ?

— Ce n'est pas moi qui lui ai répondu. D'après ce ε
l'on m'a dit, elle s'est simplement renseignée. Elle s'

surée qu'Edith Jourdain était hospitalisée chez nous, et
qu'elle était mère d'une petite fille.

— Etait-ce une voix de femme ?

— Oui, c'était une femme.

— Merci... Dites-moi, vous semblez porter beaucoup
d'affection à votre patiente ?

— Enormément, avoua-t-elle avec une nuance de provocation.

— Si ce n'est pas trop vous demander, auriez-vous un
peu de temps pour vous renseigner à la mairie des papiers
nécessaires à la reconnaissance de l'enfant ?

Elle crut défaillir de joie :

— Votre décision est arrêtée ?

— Oui, mais gardez-la secrète jusqu'à mon arrivée.
J'aurai un avion en début d'après-midi, c'est-à-dire que je
serai à Paris demain matin.

Ayant raccroché, il passa l'index sur son front, où
perlaient de fines gouttelettes de sueur. Ses tempes étaient
brûlantes. Il massa aussi les ailes de son nez entre ses deux
mains jointes, qu'il claqua ensuite l'une contre l'autre,
devant son menton, de plus en plus nerveusement.

— La garce ! rugit-il. J'aurais dû l'égorger de mes
propres mains le jour où elle a posé ses griffes sur Carlos !

Il se laissa tomber sur le lit, les yeux rivés sur les
poutres :

— Je la croyais capable de tout, elle était capable de
pire. Une traînée ! Une sorcière qui s'octroie le pouvoir
d'influer sur le destin des autres... Et Armelle, qui a été
informée de toutes ces infâmies par cette...

Il ne trouvait pas de mot assez fort pour qualifier Irène,
dont il venait de percer le jeu. Le mot d'Armelle l'avait
dérouté, il avait flairé la simulation. Ce fiancé de dernière
heure, avancé pour justifier la rupture, n'avait eu à ses
yeux que la consistance d'une ruse. Il restait à en
découvrir le mobile. Et ce mobile venait de lui apparaître
dans toutes sa monstruosité.

« J'aurais dû lui parler le premier, se reprocha-t-il
amèrement. Elle souffrait de mes silences et de mes faux-

fuyants. Pourquoi est-il des souvenirs qui pèsent si lou█
que leur évocation ne peut franchir les lèvres ? »

— Vous interceptez mon courrier, maintenant ?

Il tressaillit. Il s'aperçut qu'il était en train de par█
tout seul, et tout haut. Pour la première fois de sa vie,
répétait, sans acteurs, une scène qui ne se jouait pa█
« Faut-il que je sois perturbé ! » soupira-t-il.

Il se leva. Avec ou sans répétition, il devait se résoud█
à interroger Irène. Elle n'avait pas quitté San Isidr█
Partie hier matin sans bagages, elle était revenue en f█
d'après-midi. Lorenzo, alors, n'avait plus eu à cœur █
s'acharner sur elle. Par négligence, il l'avait laiss█
reprendre possession de son territoire et ne lui avait p█
accordé plus d'attention qu'à une de ces potiches sa█
valeur que l'on garde parce qu'on les a héritées.

Aujourd'hui, il ne regrettait pas sa tempérance.

Il réserva par téléphone deux places dans l'avion █
quatorze heures, celui qu'il devait prendre la veille av█
Armelle et Carlos. Puis il descendit à la cuisine, certa█
d'y trouver Irène encore bouffie de sommeil, affal█
devant les reliefs du petit déjeuner.

Depuis qu'Armelle s'était enfuie, il n'avait rien aval█
mais ce spectacle ne lui ouvrit pas l'appétit :

— Je croyais vous avoir congédiée, attaqua-t-il comm█
s'il s'apercevait seulement de sa présence.

Mercédès, la gouvernante, les regarda l'un après l'a█
tre, passant du mépris pour Irène à la commisération po█
son maître. Celui-ci, d'un geste du menton, l'engagea █
s'éclipser. Elle ne se fit pas prier, sentant avec un plais█
manifeste que l'heure du jugement avait sonné.

Irène émiettait une brioche sur la nappe. Incapable █
contenir sa jubilation, elle n'osa pas lever les ye█
craignant qu'ils ne la trahissent.

— J'espérais obtenir votre clémence, se défendit-ell█

— Vous vous croyez fine, sans doute ?

Elle grimaça un sourire retenu :

— Assez, en effet.

— Pauvre crétine ! cracha-t-il, les traits altérés par

haine. Si vous étiez un homme, vous recevriez mon poing dans la figure !

Une colère violente le submergeait, qui tendait tous ses muscles jusqu'à la douleur :

— Comment espérez-vous implorer ma clémence quand je devais quitter la ville hier après-midi ? Etiez-vous assez perspicace pour prévoir que je remettrais ce départ ?

Irène se mordit la lèvre. Elle venait de commettre un faux pas difficile à rattraper :

— Je passais juste prendre mes affaires, croyant trouver la maison vide. Mais comme vous y étiez, j'ai tenté...

— Assez de mensonges ! Qu'avez-vous fait de la lettre d'Edith Jourdain ?

Elle se décomposa :

— De qui ?

Les nerfs à bout, Lorenzo fondit sur elle, la souleva par les revers de son vaporeux déshabillé, avec une force décuplée par la rage. Le fin tissu se déchira des deux côtés sous les aisselles. Irène, plus morte que vive, comprit qu'elle n'avait plus d'autre issue que l'aveu. Elle s'écroula, en larmes, cachant son visage dans ses mains, secouée d'un hoquet théâtral derrière le rideau blond de ses cheveux :

— Ne me jugez pas injustement ! Je n'ai agi que dans votre intérêt, pour sauver votre amour... C'est vrai, je vous ai caché cette lettre. Le nom d'Edith Jourdain me rappelait tant de mauvais souvenirs que j'ai deviné immédiatement qu'une catastrophe pesait sur vous... Je l'ai ouverte en cachette, et quand j'ai vu qu'elle pouvait vous empêcher d'épouser la jeune fille que vous aimiez... Votre bonheur était en jeu... et je vous aime à ce point, Lorenzo...

Il empoigna d'un coup la chevelure romantique qui la dissimulait. Elle poussa un cri sourd à sa douleur, il lui renversa la tête en arrière. Ses prunelles grises avaient l'éclat de l'acier. Elle n'était même pas arrivée à verser une vraie larme !

— Pouah ! fit-il en la relâchant avec une telle brutalité qu'elle tomba sur le sol, entraînant la chaise dans sa chute. Rendez-moi cette lettre et déguerpissez !

— Je ne l'ai plus, pleurnicha-t-elle.

— Vous avez intérêt à dire vrai. Je vais faire fouiller votre chambre, sans ménagement pour vos bibelots personnels, je vous préviens !

— Non, ne faites pas ça !... Je l'ai brûlée au fond du parc. Vous pourrez constater que les morceaux calcinés s'y trouvent encore.

— Je n'ai pas de temps à perdre. Je vous donne une demi-heure pour vous préparer, sous la surveillance de Mercédès et... et Manuel.

Manuel était le gardien, un ancien catcheur doux comme un agneau, mais à qui elle ne chercherait pas à tenir tête. Dieu sait de quoi cette chipie était capable !

Par l'interphone, il appela son homme de confiance et ne quitta la cuisine qu'après lui avoir donné ses instructions.

Il ne lui restait plus qu'à aborder Carlos. Le pauvre garçon était démoralisé. La veille, il s'était résigné à quitter Irène. Mais le départ annulé et le retour de la jeune fille l'avaient profondément perturbé. Lorenzo n'envisageait pas de l'abandonner, seul, au manoir. Il était contraint de l'emmener avec lui mais, cette fois, ce n'était pas pour un voyage d'agrément et il avait lui-même perdu trop d'enthousiasme pour pouvoir en communiquer à son frère. Enfin ! Si le trajet n'était pas gai, Paris, que Carlos ne connaissait pas, saurait peut-être compenser la neurasthénie...

Le vol lui parut interminable. L'océan, le ciel s'obscurcirent à la vitesse de l'éloignement et cette nuit prématurée ne parvint pas à lui procurer le sommeil. Il prit quelques notes pour le final d'un poème musical resté inachevé, sur son pupitre, à San Isidro. Mais il n'en conçut aucune satisfaction, froissa le feuillet. Un peu plus tard, il déploya sa haute silhouette pour se dégourdir les jambes. Il voyageait en première classe et put faire quelques pas sans déranger personne. Après une nuit écourtée de six heures, le soleil apparut de l'autre côté du globe à la même vitesse qu'il s'était enfui.

Il ressentait toujours la même exaltation à l'approche des côtes françaises. Quand il atterrit à Roissy, il humait déjà l'air de la capitale. Ses nerfs s'étaient apaisés.

Il déposa Carlos au *Lutécia,* où il prenait généralement ses quartiers. L'ambiance surannée de cet établissement l'enchantait et il songeait à y louer un appartement en permanence. Sa mère, Indienne, lui avait légué un goût certain pour le nomadisme et un manque total d'instinct de la propriété. Il préférait circuler d'hôtel en hôtel plutôt que se fixer à Los Angeles, Lima ou Copenhague. Le manoir de San Isidro avait d'ailleurs été acheté au nom de Carlos.

S'il épousait Armelle… S'il épousait Armelle…

Il se secoua. Il venait de franchir le portail de l'Hôtel-Dieu.

Il emprunta l'ascenseur que le gardien lui indiqua. Quand les portes s'ouvrirent à l'étage, il interpella une femme en blouse blanche : son faciès renfrogné se détendit perceptiblement à la vue de l'étranger. Par sa présence et la beauté de ses traits, Lorenzo lui en imposait :

— Une de vos infirmières m'a contacté, à propos d'Edith Jourdain.

— Ah ?

Elle resta interloquée, la bouche s'ouvrant et se refermant sans en sortir d'autre son. Revenue de sa surprise, elle s'enquit, insistant sur la négation :

— Vous n'êtes pas Monsieur da Ciudad ?

— Si.

— Bon. Je vais prévenir mon infirmière, qui a pris cette affaire en charge.

De nouveau, sa bouche s'amincit, ses narines se pincèrent dans leur expression coutumière. Elle tourna les talons avec un claquement sec. Il lui emboîta le pas.

Liliane attendait fébrilement son arrivée. Elle scrutait le couloir chaque fois qu'elle sortait d'une chambre. Elle resta bouche bée, elle aussi, devant cet homme impeccable, au port orgueilleux, qui suivait l'infirmière en chef.

— Monsieur da Ciudad, informa celle-ci au passage, sans ralentir sa marche.

Lorenzo haussa un sourcil interrogateur.

— C'est moi qui vous ai appelé, Monsieur, dit Liliane, subjuguée par le visage typé aux lèvres sensuelles et les yeux ardents qui venaient de se poser sur elle... Mais je ne pensais pas...

— Avez-vous pu obtenir des renseignements sur les formalités à remplir ?

Le ton aimable mais direct coupa court à son émoi :

— Oui. Elles sont moins simples que je ne le prévoyais.

— Ne suffit-il pas que je me rende à la mairie pour reconnaître l'enfant ?

— En effet, mais avec l'assentiment de la mère. Edith ne pouvant se déplacer, les tractations risquent de s'éterniser.

— Une fois le processus enclenché, je suppose que l'administration suivra son cours ? objecta-t-il avec une pointe d'agacement.

Liliane eut du mal à garder son sang-froid. Il la troublait autant par son assurance que par son détachement :

— Si Maria... devenait orpheline avant que vous n'ayez obtenu de la reconnaître, il se pourrait que votre démarche n'aboutisse pas... du fait de votre... parce que vous n'êtes pas de nationalité française.

— Et alors ?

L'infirmière se raidit. Elle crut percevoir dans son intonation un reproche non formulé qui pouvait se traduire : « Vous m'avez dérangé pour rien ! » Elle l'examina d'un œil songeur et se jeta à l'eau :

— Il existe une autre procédure beaucoup plus rapide. En cas de force majeure, comme celui-ci, elle peut être réglée en un jour ou deux.

— J'opterai naturellement pour celle-là.

La jeune femme hocha la tête sans crier victoire et laissa tomber :

— Il s'agit pour vous d'épouser Edith, Monsieur.

Il ne broncha pas. Son visage n'exprimait rien et pourtant une générosité poignante émanait de tout son être. Etait-ce bien lui, Lorenzo da Ciudad ?

Il donna rapidement son accord et s'enquit :

— Puis-je voir Edith ?

Elle le vit sourire pour la première fois.

— Naturellement. Mais vous m'aviez demandé de ne pas la prévenir de votre arrivée. Je vais vous annoncer, pour atténuer le choc.

— Je ne suis pas pressé. Prenez le temps nécessaire.

Liliane suivit sa recommandation. Elle informa Edith avec ménagements. Mais la malade, l'esprit enfiévré, avec cette sorte d'oubli total des rancœurs qui précède la mort, accepta comme une évidence ce qui lui apparaissait le plus improbable quelques jours plus tôt :

— Lorenzo ? Il est ici ?... Je n'avais jamais douté de réveiller sa fibre paternelle !... Accepte-t-il de me revoir ?

Elle s'était assise, peignant de ses doigts écartés ses cheveux incolores dont des touffes s'accrochaient à ses ongles :

— Boutonne-moi ma chemise. Suis-je présentable ?... Me reconnaîtra-t-il ?

— Sois raisonnable, ne t'agite pas ou nous serons obligés d'écourter la visite. La surveillante ne voit déjà pas tout cela d'un très bon œil. Promets-moi d'être sage.

Elle promit. Mais quand Lorenzo pénétra dans la chambre, elle l'examina de la tête aux pieds sans comprendre, détailla son visage, les yeux agrandis d'inquiétude, légèrement révulsés. Ses lèvres livides se rapprochèrent, sa respiration devint laborieuse. Son souffle se heurta à ses dents pour articuler un seul mot :

— Vous !

Lorenzo s'approcha d'elle, maîtrisant son émotion. Il voulut lui prendre la main mais ses doigts blêmes, sans chair, paraissaient si fragiles qu'un simple attouchement pouvait les briser.

— Oui, c'est moi.

— Comment est-ce possible ?

Il s'agenouilla au chevet du lit un sourire mélancolique mais encourageant dans le regard :

— Mon père est mort l'année dernière. Il a purgé ses fautes. Il ne nous appartient plus de le juger.

— Lorenzo... articula-t-elle... Lorenzo est mort ?

Il hocha la tête, désemparé devant la douleur qui crispa soudain les larges cernes violacés :

— Alors... Maria n'a plus de père ?

— Si, si, répliqua-t-il vivement. Ne vous inquiétez pas. Tout se passera bien pour elle. C'est moi qui vais la reconnaître... Avez-vous oublié que je m'appelle également Lorenzo ?

Elle laissa tomber sa tête sur l'oreiller, les paupières closes. Sa trachée brûlante palpita sous la peau de son cou. Elle ne pouvait plus parler mais l'engagea, d'un geste, à continuer.

— C'est donc chez moi que votre lettre est parvenue, reprit-il en passant sous silence les circonstances qui l'avaient empêché de la lire... Votre infirmière a fait le reste, pour que je puisse restituer son nom à Maria. Je reviendrai vous voir avec un adjoint et les témoins nécessaires... La procédure la plus rapide est que je vous épouse ici. Vous vous appellerez Madame Lorenzo da Ciudad, Edith. Celui qui portait ce nom n'a pas été digne de vous, mais vous, vous étiez digne de le porter.

Il s'arrêta, la gorge nouée. A tâtons sur les couvertures elle chercha sa main :

— Dites-moi encore... Maria da Ciudad ?

— Oui. Ce sera noté sur son extrait de naissance : Maria da Ciudad, née d'Edith Jourdain et de Lorenzo da Ciudad.

Une larme transparente roula dans le creux profond de sa joue jusqu'à la commissure des lèvres :

— Vous aimerez votre petite sœur comme votre petite

fille... Elle va être heureuse, ma Maria... Etes-vous passé
la voir ?

— J'irai en sortant d'ici, promit-il, la voix brisée.

Elle le retint de toutes ses pauvres forces :

— Lorenzo... Je disais dans la lettre... mais elle ne
vous ressemble pas. Elle ressemble à votre père.

CHAPITRE XII

Armelle hésita sur le choix de la poupée. Dieu sûr, rien n'était trop beau pour la petite orpheline et, suivant son inclination, elle se serait laissé tenter par un jouet fabuleux que Maria lui aurait sûrement désigné si elle l'avait accompagnée dans les magasins. Mais ne risquait-elle pas de heurter la sensibilité de l'enfant ou, pire, d'attiser son imagination avec ce don anonyme ?

Il n'était pas certain non plus que l'Assistance publique acceptât son présent. Elle se décida alors pour une poupée originale, en chiffons, qui représentait un jeune pâtre pyrénéen, avec ses cheveux filasse, son chapeau à large rebord, la longue houppelande et le petit gilet tricoté sur un pantalon de velours. Il avait de grands yeux sages, une bouche légèrement boudeuse.

Si on le lui refusait, elle ne s'en séparerait jamais.

Habillée d'un strict tailleurs gris-bleu, les cheveux libres, juste maintenus par deux barrettes invisibles derrière les oreilles, elle prit un taxi jusqu'à l'avenue Denfert-Rochereau.

Elle fut reçue par une religieuse indifférente, puis aimable quand elle prononça le nom de Maria Jourdain.

— Oui, l'Hôtel-Dieu nous a prévenus de votre visite.

Elle n'eut ni l'audace ni l'envie de profiter de la méprise.

— Non... Je ne suis pas cette personne-là. Je désirais

mplement lui faire remettre un jouet... de la part...
une amie de sa mère.

Peut-être son manque d'assurance toucha-t-il la reli-
euse car celle-ci, les mains réunies sur la croix qui
ndait à sa poitrine, lui proposa avec un sourire enga-
ant :

— Voulez-vous patienter dans le parloir ? Habituelle-
ent, les entrevues ne sont pas admises, mais ce jour est
ceptionnel pour Maria.

Tout en bavardant, elle l'entraîna vers une lourde porte
e chêne qu'elle ouvrit devant elle :

— Asseyez-vous, l'enfant va venir d'une minute à
utre, puisque nous attendons pour elle un autre visi-
ur.

Sans avoir le temps de réaliser ce qui lui arrivait,
rmelle se retrouva seule dans une pièce aux murs gris,
rrelée, d'aspect froid. Il était trop tard pour protester.
ne étrange suite de circonstances allait lui faire rencon-
er la fille de Lorenzo. Elle entendit les battements de
n cœur dont la cadence s'accéléra progressivement. Elle
dirigea vers la fenêtre pour lutter contre l'affaiblisse-
ent de ses jambes. Des enfants jouaient dans la cour.
Soudain, le martèlement de petits pas décidés sur les
lles du couloir la paralysa. Elle perçut la voix de la
ligieuse :

— Il y a là une dame qui veut te voir. Tu seras bien
ntille, n'est-ce pas ? Et si elle t'offre quelque chose, tu
is la remercier.

La porte grinça. Armelle pivota lentement sur ses
lons incertains.

— Maman !

L'enfant s'était élancée avec un cri de joie. Elle enlaçait
s jambes, déjà instables, au risque de la faire tomber.

— Mais... Mais... bégaya-t-elle, interdite.

Elle n'eut pas besoin d'en dire plus pour que Maria
mprît son erreur. Elle recula, confuse, hésitante :

— Tu n'es pas ma maman ?

Armelle, désespérée, fit « non » de la tête.

— Ah ! J'avais cru. Vous lui ressemblez tellement, av
vos cheveux de fée.

Puis elle haussa les épaules en affichant le plus profo
mépris :

— Je m'en moque ! assura-t-elle. C'est pour moi,
paquet ?

Armelle le lui tendit. Elle l'observait, à la fois peine
désorientée et attentive. L'enfant ne ressemblait pas
tout à Lorenzo mais, en revanche, elle était le portr
même de Carlos, elle avait la même finesse de traits,
même carnation délicate...

Même ses gestes, tandis qu'elle délivrait la poupée
son emballage, étaient ceux de Carlos.

Le petit pâtre de chiffon apparut. Maria le tint deva
elle, perplexe, se demandant si elle le trouvait beau. P
elle le serra par le cou et ne fixa plus que ses yeux pein
comme si leur sourire pouvait lui révéler un mon
merveilleux.

— Vous n'êtes pas ma maman, murmura-t-elle.

Et, tout à coup, elle se jeta dans les bras d'Armelle
pleurant :

— J'aurais tellement voulu, j'aurais tellement vou
que tu sois ma maman !

La jeune fille la pressa contre sa poitrine haletar
d'émotion. Elle caressait sa nuque, ses cheveux noirs
soyeux, son petit dos mince où perçaient les omoplat

Leurs effusions durèrent moins d'une seconde.

— Je regrette cette entrevue, décréta froidement
religieuse en les séparant l'une de l'autre. Vous perturb
inutilement cette enfant. Il est préférable que vo
partiez.

Hélas, l'éducatrice avait raison. Armelle obéit sans o
toucher une dernière fois le joli visage si attachant de
petite Péruvienne.

La porte se rabattit dans son dos. Elle n'entendit pas
paroles consolantes que la religieuse, agenouillée deva
elle, lui prodiguait en séchant ses larmes d'un pan
tablier :

— Ne pleure pas, cette dame n'était qu'une amie, tu la
everras peut-être. Mais dans le bureau de la directrice, il
a ton papa, ton vrai papa, qui va t'emmener avec lui et
ui t'aimera beaucoup...

Armelle hélait un taxi dans la rue quand Lorenzo entra
ans le parloir pour faire la connaissance de sa sœur, de sa
lle, Maria da Ciudad.

Edith s'éteignit une semaine plus tard. Son rôle ter-
niné, elle abandonna la vie sans regret. Son visage était
erein et on eût dit qu'un sourire flottait sur ses lèvres.

Par délicatesse, Lorenzo avait attendu que la page soit
omplètement tournée pour se préoccuper de ses propres
ourments. Il avait eu conscience de prolonger le désarroi
'Armelle et en avait souffert, mais son respect pour
dith et Maria lui avaient interdit de se manifester avant
ue tout fût consommé.

Ce n'est qu'après l'enterrement qu'il se décida à
éléphoner à l'appartement de M. Fleurance. Il souhaitait
rdemment qu'Armelle fût absente ou, en tout cas, qu'elle
e vint pas décrocher l'appareil. Il fut exaucé :

— Monsieur Fleurance ?

— Oui, répondit celui-ci d'une voix neutre, un sourcil
n accent circonflexe.

— Excusez-moi de me présenter à vous par téléphone.
e m'appelle Lorenzo da Ciudad. Peut-être avez-vous
ntendu parler de moi ?

Vivement contrarié, le père ne daigna pas répondre à sa
uestion. Le ton changea :

— Que désirez-vous ?

— Que vous m'accordiez un entretien.

— A quel titre ?

Très calme, déterminé mais courtois, Lorenzo annonça
ans détour :

— J'ai l'intention de vous demander la main de votre
lle. Mais auparavant, je voudrais m'assurer que vous
'en jugez digne.

« Il ne manque pas d'aplomb ! » s'enflamma M. Fleu-

rance, qui ne voulait pas se laisser impressionner par s*
façons seigneuriales de présenter sa demande.

— Cela suppose que vous, vous estimez mériter m*
fille ? s'enquit-il insidieusement.

— Oui. Je vous supplie, insista l'homme d'une vo*
singulièrement tranchante, de m'accorder un rende*
vous. Des événements récents ont perturbé ma situatic*
et, sincèrement, je ne me sens pas en état d'en conter*
détail à Armelle.

— Vous n'ignorez pas qu'elle s'est fait une piè*
opinion de vous ?

— Après m'avoir écouté, vous intercéderez en m*
faveur.

Le père d'Armelle céda parce que l'inconnu, à l'aut*
bout du fil, l'intriguait. Il n'avait employé aucun arg*
ment d'ordre sentimental, il n'était pas larmoyant*
n'avait pas davantage tenté de le flatter.

L'entrevue eut lieu une demi-heure plus tard dans l*
salons du *Lutécia.* Le père d'Armelle s'y présenta décidé*
le prendre de haut. S'étant toujours tenu au fait *
l'actualité musicale, il reconnut sans peine le guitaris*
Mais la noblesse de ses traits, la franchise de ses yeux et*
sourire triste de sa bouche généreuse le surprirent. Réso*
à rester intraitable, il s'assit cependant sans lui serrer*
main :

— Je vous écoute.

Il écouta ; et bientôt son intransigeance se mua en u*
profonde émotion.

— Vous comprenez pourquoi il m'était plus facile *
me confier à un père, plutôt qu'à une jeune fille sa*
expérience de la vie.

Lorenzo avait été frappé de la chaleur et de la tendres*
qui se dégageait de son interlocuteur, même quand *
essayait de durcir ses yeux d'un bleu profond. Il éta*
tenté de lui dire : « Vous avez rendu Armelle heureus*
durant son enfance ; aucun autre homme ne sera capab*
de la combler comme je la comblerai, durant sa vie *
femme. »

Naturellement, il s'en abstint et, au contraire, fit surgir les obstacles :

— Armelle m'a connu célibataire, je suis aujourd'hui veuf et père d'un enfant. Je ne peux plus me permettre de m'imposer à elle. Voilà pourquoi je vous laisse la décision. Vous avez recueilli ses confidences, vous savez si elle est capable de m'oublier après un petit désespoir passager ou bien si ses sentiments pour moi sont assez tenaces pour qu'elle s'engage à élever une filette qui n'est ni la sienne ni la mienne.

M. Fleurance hocha la tête. Un fin sourire creusa les rides de ses tempes :

— Je me ferai votre avocat, conclut-il en se levant.

Il rentra chez lui rajeuni de dix ans, n'attendit pas l'ascenseur qui était occupé et prit l'escalier en faisant joyeusement tinter les clefs dans sa main :

Courageuse, Armelle s'interdisait de pleurer. Mais elle se trouvait dans la cuisine, en train d'éplucher des oignons, quand elle entendit son pas. Elle s'essuya vivement les yeux du revers de la main, se retourna et éclata de rire :

— Ne me gronde pas ! Je te prépare un ragoût !

Pourtant son cœur était si gros qu'elle ne put s'empêcher, le trouvant radieux, de constater avec une pointe d'amertume :

— Tu as l'air bien gai !

— Je le suis ! rétorqua-t-il sans ambages.

Et il appuya ses mots d'un claquement de doigts satisfait, comme s'il venait de découvrir la solution d'un problème insoluble.

— Ah ? sourit-elle tristement.

— Figure-toi qu'une idée m'est venue, à propos de ton Lorenzo...

Saisie, elle en laissa tomber la cuillère de bois qu'elle tenait. Une étoile de graisse éclata sur le carrelage.

— Une idée ?... Mais quelle idée ?

Son désarroi grandissait... Son cher père ! Qu'allait-il inventer pour la consoler ? Elle prit une éponge, s'age-

nouilla pour effacer la tache. Méticuleux, il la laissa faire
mais dès qu'elle eût terminé lui saisit le poignet :

— Bah ! fit-il, hésitant, avec un léger haussement
d'épaules, c'est une idée qui va peut-être te paraître
saugrenue, mais j'aimerais que tu y prêtes attention.

Il attira deux tabourets, la força à s'asseoir en face de
lui, prit ses mains dans les siennes en les tapotant,
songeur :

— N'as-tu pas imaginé que Lorenzo pourrait porter le
même prénom que son père ?

— Quelle importance ! soupira-t-elle, les yeux vagues.

Puis, évaluant aussitôt la portée de cette hypothèse, elle
se contracta :

— Impossible. Il me l'aurait dit.

— En es-tu sûre ? Tu me l'as dépeint très discret... Et
puis, ce sont des détails qui ne viennent pas forcément
dans la conversation. Tiens, par exemple, connaît-il mon
prénom, à moi ?

— Il sait seulement que tu es un père formidable,
avoua-t-elle en serrant ardemment ses phalanges.

M. Fleurance resta grave :

— Envisage que son père, à lui, n'ait pas été un père
formidable. Il répugnerait à en parler, il se déroberait à tes
questions pour ne pas remuer des souvenirs désagréables... Les hommes n'aiment pas étaler leurs blessures au
grand jour.

— Bien sûr... Mais...

Elle bondit :

— Dans ce cas, Edith aurait été la maîtresse... de son
père ? Maria serait sa sœur ?... Ton explication est ten-
tante, trop belle pour approcher la vérité ! Elle ne justifie
pas Irène.

— Pourquoi pas ?

— Parce qu'Irène vit depuis presque dix ans sous le
toit des frères da Ciudad.

— Oublies-tu que, jusqu'à l'année dernière, leur toit
était celui du chef de famille, dans ce petit village...

Il en chercha le nom, elle acheva machinalement.

— Ayacucho.

— A mon avis, Irène pouvait fort bien être la maîtresse de son père, reprit-il avec une conviction qui la surprit. Réfléchis, mes suppositions se tiennent !

Elle se concentra, un sillon se dessina entre ses sourcils qu'elle se mit à masser du bout de l'index.

— Je ne comprends pas ton revirement. Hier encore, tu étais formellement braqué contre lui. Et ce matin, sans transition, tu lui cherches une excuse.

— Tu ne vas tout de même pas me reprocher d'examiner la situation sous tous les angles ! A force de cogiter, on finit par trouver des explications plausibles...

Il avait conscience de se vanter et le faisait avec beaucoup d'humour. Armelle ne pouvait pas interpréter le rire espiègle de ses yeux et il se retenait de tout lui avouer. Les éclaircissements n'auraient pas été facilités s'il avait appris à sa fille que Lorenzo l'attendait, dans le petit square au coin de la rue.

Il se figea quand elle secoua ses cheveux avec lassitude :

— A quoi bon se creuser la tête, papa ? Ne te fais pas de souci, je l'oublierai, va !

— Tu parles sérieusement ?

— Je n'en sais rien. Il m'a tellement déçue !... Si seulement tu avais pu le voir de près, une minute ! Il respire la franchise et sa vie n'est qu'un tissu de mensonges...

— Ah non ! explosa-t-il. Tu ne vas pas t'entêter !

Elle le regarda se lever, faire un demi-tour sur lui-même au milieu de la pièce, les bras au ciel. Elle en fut héberluée :

— Qu'est-ce qui te prend ? Tu t'emportes comme si tu étais sûr de ce que tu avances ! Mais nous n'en savons rien ! Nous n'en saurons jamais rien !

Son père s'apaisa, revint vers elle, posa ses mains sur ses épaules :

— Si tu te rangeais à mes déductions, nous pourrions facilement les vérifier...

— Tu l'as fait ? ! J'en suis sûre ! Tu lui as téléphoné ?

Que t'a-t-il dit ? Que t'a-t-il dit exactement ? Comment
est-il arrivé à te convaincre ?... Tu ne lui as pas laissé
entendre que j'étais très malheureuse ?... Il fallait faire
croire que je m'amuse beaucoup !

Elle pleurait et riait à la fois, se jetait dans ses bras et
s'en éloignait pour y revenir avec plus de violence :

— A moins que ce ne soit lui qui t'ai téléphoné ?
s'emballa-t-elle... Il t'a laissé entendre qu'il était très
malheureux... Il n'a pas essayé de te faire croire, au
moins, qu'il s'amusait beaucoup ?

— Petite écervelée, s'indigna-t-il avec tendresse. Je
vais finir par me demander comment un homme aussi
sérieux a pu s'éprendre de toi.

— Tu l'as trouvé sérieux ?

— Je ne doute pas qu'il soit également capable d'enfantillages, mais notre entretien a reposé sur des événements
qui ne portaient pas à plaisanter.

Son cœur dansa dans sa poitrine. Elle en modéra les
élans, et s'enquit, anxieuse :

— Maria serait donc sa sœur ? Mais pourra-t-il le
prouver, en obtenir la tutelle ?

Puis, assaillie de nouveaux doutes, elle se rassit, le
menton dans ses mains jointes, fixant le sol avec inquiétude :

— Rien n'est prouvable. Je m'étonne même qu'il t'ai
persuadé si facilement. Pour un homme sans scrupules,
un père décédé a bon dos ! S'il m'aimait, pourquoi ne
s'est-il pas manifesté aussitôt après mon départ ?

— Parce qu'il n'est pas, justement, un homme sans
scrupules. Et puis, oublies-tu que tu te proclamais fiancée
à un autre ?

— Il n'avait pas le droit de le croire ! s'insurgea-t-elle
avec aplomb.

— Vous êtes insensés, tous les deux, murmura-t-il
songeur.

Puis, tout haut, relevant une mèche grisonnante qui
tombait sur son front :

— En effet, il ne t'a pas cru. Mais il a eu d'autres formalités à remplir.

— Des formalités qui passaient avant moi ? Maria ? conclut-elle aussitôt.

Il acquiesça :

— Tout est arrangé pour l'enfant... Vois-tu, Irène s'est montrée malveillante envers toi, mais elle a fait pire. Après te l'avoir fait lire, elle a brûlé la lettre d'Edith sans en informer Lorenzo.

— C'est un acte criminel !

— Ce pourrait n'être qu'une fâcheuse anecdote, bientôt effacée par le temps. Je t'en parle uniquement parce que...

Il s'interrompit et, suivant son idée, lui demanda à brûle-pourpoint :

— Epouserais-tu un homme qui a la charge d'une fillette ?

— S'il s'agit de Maria, ce n'est pas n'importe quelle fillette ! s'exclama-t-elle, le visage illuminé de tendresse. Oh, papa ! Tu l'aurais vue se jeter dans mes bras !

— Sais-tu bien à quoi tu t'engages ?

Elle le défia, les yeux pétillants de malice :

— A être mère de nombreux enfants !

— Alors, je peux bien te le dire, acheva-t-il, la gorge sèche, en l'attirant contre lui. Un lien vous unit déjà : c'est toi qui l'as sauvée de l'orphelinat.

— Moi ? s'écria-t-elle, incrédule. Mais comment ?

— Le destin. Tu as conjuré le sort en téléphonant de Lima à l'Hôtel-Dieu. Le geste d'Irène condamnait Maria, ton geste a renversé la situation : enhardie par ton appel, une infirmière a composé le numéro de Lorenzo da Ciudad...

— Mais alors...

Abasourdie, elle plongea son regard droit dans ses yeux pour y lire la vérité qu'elle devinait :

— Mais alors ?... répéta-t-elle... Lorenzo est venu à Paris ?

— Il est là.

— Où ? Ici ? Dans l'appartement ?

Elle ne tenait plus en place. Son père la retint :

— Il promène sa fille dans le square.

— Sa fille ?

— Va, il t'expliquera.

Armelle ne se fit pas prier. La tête bourdonnante, elle
dévala les escaliers sans penser à ôter le tablier de cuisine
écarlate noué par-dessus son blue-jean. Elle bondit sur le
trottoir, stoppée dans son élan par un monsieur très
digne, à l'air outragé. Puis elle reprit sa course, éperdue
insouciante des passants qui se retournaient.

Lorenzo ! Son nom jaillissait de ses lèvres à chaque
enjambée. Essoufflée, elle se sentait encore la force de le
crier du plus profond de sa poitrine. Un cri du cœur. Oh
oui, ce serait un cri du cœur quand, passé l'angle, elle
l'apercevrait enfin, sur un banc, ou marchant dans l'allée
de graviers, tenant par la main son adorable petite sœur

Le square n'était pas grand. D'un coup d'œil, elle en
embrassa tous les bancs et toutes les allées. Une mère
poussait un landeau ; un vieillard appuyé sur sa canne
observait une nuée de pigeons ameutés par un autre
vieillard qui leur lançait du grain ; deux gamines, cartable
sous le bras, faisaient sans doute l'école buissonnière..

Mais la silhouette tant aimée n'y apparaissait pas.

Dans son affolement, avait-elle mal compris ?

Elle scruta les feuillages... L'enfant jouait-elle dans un
bosquet ? Elle aurait voulu inspecter tous les recoins à la
fois, mais on a toujours le dos tourné à quelque chose

Et, dans son dos, s'éleva une petite voix flûtée :

— Papa, regarde, là ! C'est la dame qui m'a donné la
poupée !

Elle se retourna tout d'une pièce. A trois mètres d'elle
Maria tirait Lorenzo par la manche.

Ils restèrent le souffle court, rivés au sol.

Attentive, sensible aux moindres de leurs expressions
inquiète aussi, l'enfant n'osa pas s'approcher d'Armelle
Sans la quitter des yeux, elle fronça les sourcils e
s'enquit :

— Tu la connais, cette dame ?

— Oui, répondit Lorenzo tout en regardant lui aussi la jeune fille. Elle est très gentille, n'est-ce pas ?

— Et elle est belle ! ajouta la petite, émerveillée.

— Serais-tu contente qu'elle reste avec nous pour toujours ?

— Pour toujours ! Comme si c'était ma maman ?

Armelle acquiesça d'un battement de paupières.

— Alors, c'est ta femme ? en conclut astucieusement la petite.

Armelle était sous l'emprise complète de ces deux regards noirs qui la dévoraient chacun avec passion.

Lorenzo avala sa salive, on devinait l'effort de son larynx. Il venait d'apercevoir un voile sur les prunelles d'azur et, fasciné, il assistait à la formation des larmes au bord des cils dorés. Sans se détourner, il répondit à Maria, restée dans l'expectative :

— Oui, c'est ma femme.

Armelle ouvrit les bras. Jaillissant comme un feu d'artifice, l'enfant fusa contre elle :

— Oh oui ! je suis contente ! J'ai gardé ton berger, tu sais. Et puis, maintenant, je ne suis plus dans un orphelinat, je suis dans un palais ! Même sur les plafonds de la chambre il y a de l'or ! C'est beau... tu verras ! Depuis que papa est venu me chercher, je mange tous les jours au restaurant. Et toi, tu sais faire la cuisine comme à la cantine ?

Elle débordait d'un amour trop longtemps réprimé dans lequel Armelle, bouleversée, noyait son émotion.

Accroupie, les cheveux noirs de Maria mêlés à ses boucles blondes, elle ne savait plus si elle berçait la petite ou si elle se berçait elle-même.

Lorenzo s'était approché. Il se tenait maintenant debout près d'elle. Sa jambe frôla sa joue.

D'abord, elle ne prêta pas attention au trouble qui sourdait en elle, si différent de la touchante affection que Maria lui inspirait.

Peu à peu, dolente comme un chaton, elle caressa sa tempe contre la flanelle légère du pantalon.

Alors elle souhaita que cet instant ne finît pas. Une telle volupté l'enveloppait.

Elle ferma les yeux. Les larmes, telles des perles roulèrent sur ses joues.

— Tu pleures ? s'étonna Maria.

— Les grandes personnes sont bêtes, elles pleurent parfois quand elles sont heureuses.

Elle lutta une seconde de plus contre la sensation palpitante de leurs corps sous leurs vêtements, juste le temps de demander :

— Tu me permets d'embrasser ton papa ?

Elle n'attendit pas la réponse, se releva d'un bond, coula plutôt le long des muscles tendus sous le costume, happée dans un étau de chair et d'os, fauchée par la vague inquiétante et superbe d'un raz de marée.

Lorenzo frôla ses lèvres, doucement, furtivement.

Sa bouche était fraîche, mais celle d'Armelle était chaude, avide d'un baiser. Il souleva les mèches folâtres qui recouvraient son oreille, et c'est à cet endroit, à la naissance du cou, qu'il s'attarda :

— Je sens ta fièvre. Tu me veux maintenant...

Les accents âpres et harmonieux de la voix dont elle languissait s'insinuèrent dans ses veines gonflées, rampant jusqu'à son cœur pour en accélérer le rythme.

Haletante, elle se mit à trembler, à un millimètre de lui, de sa peau, de son parfum... avide mais inassouvie.

— J'ai mal de toi, murmura-t-elle.

Lorenzo s'écarta. Son expression était devenue espiègle, légèrement narquoise. Il tendit un bras à Maria et de l'autre enlaça très respectueusement la taille flexible qui lui était offerte :

— Il faudra patienter, ma chère, susurra-t-il. Je suis de ceux qui ne donnent rien avant le mariage.

Collection Harlequin

Recevez chez vous 6 nouveaux livres chaque mois—et les 4 premiers sont gratuits!

En vous abonnant à la Collection Harlequin, vous êtes assurée de ne manquer aucun nouveau titre! Les 4 premiers sont gratuits—et nous vous enverrons, chaque mois suivant, six nouveaux romans d'amour.

Mais vous ne vous engagez à rien: vous pouvez annuler votre abonnement à tout moment, quel que soit le nombre de volumes que vous aurez achetés. Et, même si vous n'en achetez pas un seul, vous pourrez conserver vos 4 livres gratuits!

Éternelle jeunesse du roman d'amour!

On a l'âge de son esprit, dit-on. Avez-vous jamais songé à vérifier ce dicton?

Des romancières célèbres telles que Violet Winspear, Anne Weale, Essie Summers, Elizabeth Hunter… s'inspirant du vrai roman d'amour traditionnel, mettent en scène pour votre plus grand plaisir héros et héroïnes attachants, dans des cadres romantiques qui vous transporteront dans un monde nouveau, hors de la grisaille du quotidien. En partageant leurs aventures passionnantes, vous oublierez soucis et chagrins, vous revivrez les émotions, les joies…la splendeur…de l'amour vrai.

Six romans par mois…chez vous…sans frais supplémentaires…et les quatre premiers sont gratuits!

Vous pouvez maintenant recevoir, sans sortir de chez vous, les six nouveaux titres HARLEQUIN ROMANTIQUE que nous publions chaque mois.

Et n'oubliez pas que les 6 vous sont proposés au bas prix de $1.75 chacun, sans aucun frais de port ou de manutention. Pour vous assurer de ne pas manquer un seul de vos romans préférés, remplissez et postez dès aujourd'hui le coupon-réponse suivant: